Die Autorin
Karin Goller
ein Traum – ein Ziel – das Schreiben

Bibliographische Information der Deutschen Nationalbibliothek.
Die Deutsche Nationalbibliothek verzeichnet diese Publikation in der Deutschen Nationalbiographie; detaillierte bibliographische Daten sind im Internet über http://dnb.d-nb.de abrufbar.

Herstellung und Verlag:
BoD – Books on Demand, Norderstedt
ISBN 978-3-7431-2417-2

Karin Goller

„Weg frei"

für

Landarz t Dr. Berger

„Hilfe, wir brauchen einen Arzt!"

Beruf oder Berufung?

„Soll ich wirklich meine Stelle als Arzt im Krankenhaus gegen die Landarztpraxis eintauschen?", fragt sich Doktor Alexander Berger, als er nach dem Tode seines Vaters dessen Praxis auf dem Lande übernehmen soll.
„Ich kann es ja einmal versuchen."
Und schon bald merkt er, dass es ihm um mehr geht, als nur um seinen Beruf.
Er ist geprägt, von der Leidenschaft, ein guter Arzt zu sein, kranke Menschen zu heilen, ihnen wieder Mut zum Leben machen.

Landarzt Dr. Alexander Berger

Beruf oder Berufung?

Er lehnte lässig am Geländer, verfolgte das Spiel der Freundinnen - Alexander.
Beeindruckend mit seiner Körperlänge von über einem Meter neunzig. Sein schönes Gesicht hatte markante Züge, das Haar trug er kurz, aber nicht zu kurz, denn einige seiner schwarzen Locken ringelten sich um den weißen Polokragen. Auf dem glattrasierten Gesicht lag ein bläulicher Schatten, der den starken Haarwuchs verriet. Die unergründlichen, kaffeebraunen Augen verbargen sich hinter dichten, langen Wimpern.
Er beobachtete Helen.
Helen und Julia verbrachten heute ihren freien Tag auf dem Tennisplatz.

Helen war OP Schwester und Julia Kinderärztin. Beide im nahgelegenen Krankenhaus. Alexander, Julias Bruder, würde die Landpraxis seines Vaters übernehmen. Doch noch hatte er seine Ausbildung nicht abgeschlossen. Im Augenblick leitete Julia die

Praxis ihres verstorbenen Vaters. Sie hatte sich entschlossen, Kinderärztin zu werden, da sie in der Praxis einigen Babys auf die Welt half und das Glücksgefühl der Eltern spürte. Und so begann sie mit ihrer Weiterbildung.

Nervös befeuchtete sich Helen die trockenen Lippen und bemühte sich um Gelassenheit. Eigentlich hatte sie ihre Gefühle immer fest im Griff, doch ihr Herz schlug plötzlich schneller und sie wagte nicht, Alexander anzuschauen.
Am kommenden Samstag war Frühlingsfest im Clubhaus. Ihr Herz klopfte unregelmäßig, als sie daran dachte.

Das verträumte Chiffonkleid in Lavendel passte bestens zu Helen. Ihre braunen Haare hatte sie hochgesteckt. Vereinzelte Locken kringelten sich um ihr zartes Gesicht. Sie hatte nur wenig Makeup aufgelegt und ihre Lippen glänzten zart vom Lipgloss.

In der Terrassentür stand plötzlich Alexander, die Hände tief in die Taschen seiner schwarzen Hose gesteckt. Helen betrachtete sein Profil und wieder fühlte sie dieses Prickeln, aber sie ignorierte es. Einen Augenblick ließ Alexander den Blick auf ihren weichen vollen Lippen haften. Doch bevor Helen nachdenken konnte, zog er sie an sich und

küsste sie. Sie hielt den Atem an. Es war kein zögerlicher Kuss. Alexander küsste sie, als hätte er jedes Recht dazu. Sein Mund glitt über ihre Lippen, übte nur leichten, aber entschiedenen Druck aus. Seine Zungenspitze verlangte Einlass, fuhr über das samtene Fleisch und sie gewährte es ihm. Ihr Verstand warnte sie, dass es viel zu gefährlich war, doch da war es bereits zu spät. Vielleicht hatte sie es ja genau so gewollt. Doch dann ließ er sie widerstrebend los.
„Tanz mit mir, Helen", bat Alexander.
„Einen Tanz?"
„Na, Du weißt schon. Tanzen ist, wenn zwei Menschen sich gemeinsam zur Musik bewegen."
Da musste Helen lachen und das Eis war gebrochen.
„Nur einen Tanz, Helen. Bitte tu mir den Gefallen."
Sie kämpfte eine Weile mit sich, dann gab sie schließlich nach. Helen wollte sich und Alexander beweisen, dass sie mit ihm tanzen konnte, ohne dass es sie berührte.

Die Band spielte gerade einen flotten Foxtrott, und mehrere Paare schwangen schon vergnügt das Tanzbein. Helen war zwar keine geübte Tänzerin, doch das würde sie schon hinkriegen.

„Wollen wir?", fragte sie und Alexander lachte.

„Mit Vergnügen!"

Als er nun ihre Hand nahm und Helen an sich zog, spürte sie, wie ihr ganzer Körper darauf reagierte. Himmel, wie sollte sie diesen Tanz nur überstehen, ohne das Alexander merkte, wie stark er auf sie reagierte? Zum Denken blieb ihr jedoch keine Zeit, denn schon führte er sie so mühelos und geschmeidig über die Tanzfläche, als hätten sie schon hundertmal miteinander getanzt.

Helen war überrascht, wie gut sie auf Anhieb miteinander harmonierten und hatte dabei so viel Spaß, dass sie ihre Zurückhaltung völlig vergaß und immer ausgelassener wurde.
Schon stimmte die Band das nächste Lied an, eine schöne langsame Ballade, und Alexander schlang die Arme um ihre Taille und war Helen nun so nahe, dass ihre Körper sich berührten.
„He, was soll das?", flüsterte sie leise.
Dabei versuchte sie unauffällig, etwas mehr Distanz zu ihm zu schaffen, mit dem Ergebnis, dass er sie nur noch fester an sich zog.
„Du bist unmöglich!"
„Warum, es ist doch schön, findest Du nicht auch? Lass Dich einfach führen und entspann Dich."

Wie in aller Welt sollte sie entspannen, wenn Alexander nun auch noch seine Hände über ihren

Rücken gleiten ließ? Und das Schlimmste dabei war, dass sie es sogar genoss!
„Na siehst Du, ist doch alles halb so wild."
Alexander hauchte einen Kuss auf ihre Schläfe, was eine noch verheerendere Wirkung auf sie hatte.
Helen schloss wie berauscht die Augen. Merkte Alexander denn nicht, was er mit ihr anstellte? Und was sollten nur die Leute denken?
Zum Glück endete in diesem Augenblick das Lied, und Alexander blieb nichts anderes übrig, als Helen loszulassen. Ihre Wangen glühten, und einige Haarsträhnen hatten sich aus ihrer Frisur gelöst und fielen ihr lose ins Gesicht. So viel zum Thema Selbstkontrolle!

Ihr Herz schlug immer noch wie wild. Alexander zog sie wieder enger an sich. Schockiert stellte Helen fest, dass ihr Körper sofort auf ihn reagierte. Sie wich zurück, ohne jedoch wirklich Abstand zu schaffen. Sein Duft und seine Wärme hüllten sie ein und berauschten sie. Lange starke Finger fassten an ihren Nacken, Alexander rieb mit dem Daumen sacht über ihr Ohrläppchen. Das Knistern war zwischen ihnen deutlich zu spüren. Verlangend schaute er sie an.

Sein ganzer Körper brannte vor Verlangen. Warum hatte er nur mit Helen getanzt? Er wusste doch,

wie sehr er sie begehrte, und gerade deshalb hätte er ihr nie so nahe kommen dürfen. Aber sie sah so sexy aus in diesem atemberaubenden Kleid, dass er der Versuchung einfach nicht mehr hatte widerstehen können.
Wo sollte das nur hinführen? Helen reizte Alexander mehr als jede andere Frau, doch an einer festen Beziehung war er nicht interessiert.

Helen schaffte es tatsächlich, Alexander den Rest des Abends aus dem Weg zu gehen. Sie hatte sich fest vorgenommen, nichts für Alexander zu empfinden, doch gegen ihre Gefühle kam sie nicht an. Sie sehnte sich mit jeder Faser ihres Körpers nach ihm und das machte Helen Angst.

„Lass uns in den Garten gehen",
raunte Alexander da Helen leise ins Ohr. Er reichte ihr die Hand. Sie konnte es nicht fassen. Willenlos ließ sie sich von ihm die Treppen hinunter in den Garten führen.
Dort im Schutz der Dunkelheit zog Alexander sie fest an sich und suchte erneut ihren Mund. Sanft berührte er die Außenwinkel ihres Mundes. Sie hob die Lider und begegnete seinem verlangenden Blick. Sie fühlte seine Macht und lehnte sich seufzend näher an ihn. Helen schwebte auf einer rosaroten Wolke und bemerkte kaum, dass

Alexander sie zu seinem Apartment führte, weg vom Fest des Tennisclubs.
Eng umschlungen gingen sie zu Fuß hinüber.
Alexander ließ sie auch im Fahrstuhl nicht los und auch nicht, als er die Tür aufschloss.

Helen mochte nicht an die Zukunft denken, nicht einmal daran, dass diese märchenhafte Nacht jemals enden könnte. Allerdings hatte sie nie vorgehabt mit Alexander in seine Wohnung zu gehen.
Das Wohnzimmer war sehr geschmackvoll mit modernen Möbeln eingerichtet. Große beige Sessel luden zum Verweilen ein. Ein Glastisch stand in der Nähe des Fensters. An den Wänden hingen einige von den Aquarellen, die Julia, seine Schwester gemalt hatte, doch auch Werke alter Meister. In dem dicken beigen Teppich versank Helen tief. Sachte bewegten sich lange, weiße Gardinen im Wind.
Sie durchquerte den Raum und schaute durch das Panoramafenster. Sie wollte diese Sache auf der Stelle beenden. Doch er trat hinter sie und sein männlicher Duft hüllte sie ein, als er seinen Arm um sie legte.

Er öffnete die Schiebetür und Helen betrat die Terrasse. Hier standen zwei kleine Korbsessel und ein passender runder Tisch. Mit einem

fantastischen Rundblick über die Stadt wurde sie belohnt.
„Oh, wie schön", entfuhr es ihr.
Sie war noch nie in der Wohnung von Alexander gewesen. Eine leichte Brise wehte ihr eine Strähne ins Gesicht. Sanft strich Alexander die seidige Locke zurück.

Die letzten Stunden hatten sein Weltbild durcheinander gebracht, seine Gedanken durcheinander gewirbelt. Nun beschlichen ihn Skrupel. Flüchtige Affären waren lange genau sein Ding gewesen. Er hatte immer aufgepasst, keine tieferen Emotionen zu entwickeln. Und keine Frau sollte Erwartungen an ihn stellen. Das war durch Helen jetzt alles anders. Bei ihr fühlte er sich nicht so rastlos, und es gefiel ihm, von ihr ständig heraus gefordert zu werden. Doch er konnte nicht einfach mit Helen ins Bett gehen, wenn er befürchten musste, dass sie sich Hoffnung auf eine gemeinsame Zukunft machte. Und er wollte ihr nicht wehtun. Trotzdem begehrte er Helen, wie er noch nie eine Frau begehrt hatte.

Sie lehnte sich an ihn, und ihr schlanker Hals lockte. Er küsste die zarte Stelle hinter ihrem Ohr, sie war weich und duftete wundervoll. Helen schmiegte sich dichter an ihn und sein Körper verriet seine Erregung sofort.

Als sie sinnlich die Hüften bewegte, stöhnte er unterdrückt auf.
„Möchtest Du einen Drink?", fragte er heiser.
„Ja, vielleicht ein Glas Sekt", antwortete sie lächelnd.
Aus der Bar holte Alexander zwei Sektflöten und stellte sie auf dem kleinen Tisch ab. Dann entkorkte er die Flasche.
Er blickte Helen tief in die Augen, als er ihr das Glas reichte. Bis in die Fingerspitzen fuhr die Berührung ihrer Hände.
Alexanders Verstand meldete sich langsam ab. Seine Sinne waren auf die Frau, die vor ihm stand fixiert. Wieder knisterte es zwischen ihnen wie ein flackerndes Feuer.
Helen schaute ihn erwartungsvoll an, versank in seinen wundervollen kaffeebraunen Augen.

„Ich bin etwas aus der Übung, Du musst geduldig sein", hörte er sie plötzlich leise wispern.
Und sein Herz öffnete sich weit und klopfte laut und in seinen Lenden pochte Lust.

„Ich kann sehr geduldig sein", raunte er ihr zu, nahm sie auf seine Arme und trug sie fest an seine Brust gedrückt ins Schlafzimmer. Er setzte sie mitten auf seinem breiten französischen Bett ab. Kissen und Decken waren mit schwarzer Seide bezogen. Die Möbel schwarzer Schleiflack. An einer Seite der Wand war ein großer Spiegel, in dem sich Helen erkannte. Die andere Wand bestand aus einem großen Panoramafenster, wie schon im Wohnzimmer. Indirekte Beleuchtung erzeugte ein romantisches Flair.

Sie sah ihn an, verlegen lächelnd. Er zog sich Schuhe und Socken aus, knöpfte sein Hemd auf, ohne den Blick von ihr zu wenden. Dann glitt sein Hemd von seinen breiten Schultern, enthüllten eine muskulöse braun gebrannte Brust. Alexander öffnete seinen Gürtel und den Reißverschluss und wie gebannt schaute Helen ihn an. Er war ein schöner Mann. In schwarzen Boxershorts, genauso wie sie es sich ausgemalt hatte, stand er vor ihr.

„Komm". Er streckte die Hand nach ihr aus. Und plötzlich war alles so leicht. Vor ihm zu stehen, während er langsam den Reißverschluss ihres Kleides öffnete.
Mit dem Zeigefinger strich er über ihren Hals, tiefer, zwischen ihre Brüste, die von zarter Spitze umhüllt, kaum etwas der männlichen Fantasie überließen, weiter zu ihrem knappen Höschen.
„Verführerische Dessous…"
Alexander tupfte jetzt sinnliche Küsse auf ihren Hals, glitt mit dem Mund zu den Brüsten, deren Spitzen sich erwartungsvoll aufrichteten, liebkoste ihre weiche Haut. Die vollen Brüste, die runden

Hüften, alles so verführerisch und sexy. Es erregte ihn.

„Du hast einen wundervollen Körper, Du bist einfach betörend."

Er konnte den Blick nicht von ihrem nackten, sinnlichen Körper abwenden.

Helen wollte etwas tun, ihn berühren, nicht nur genießen. Doch sie war so unerfahren und hatte keine Ahnung, ob sie eine gute Geliebte wäre. Scham kam zu den Zweifeln hinzu, denn sie war noch Jungfrau. Aufgewühlt wandte sie den Kopf ab. Was wenn er es merkte und sie nicht mehr wollte.

Alexander spürte, dass etwas nicht stimmte. Prüfend blickte er ihr ins Gesicht, zog sie dicht an sich.

„Was hast Du?", fragte er leise.

„Nichts, küss mich."

Da war etwas, sie konnte ihm nichts vormachen. Er küsste sie, hielt sie einfach nur fest und zeigte ihr, wie sehr er sie begehrte. Für den Moment musste das genügen.

Früh morgens war sie aufgewacht, an einen starken Männerkörper gekuschelt. An ihrem Po spürte sie seine Hitze. Schnappschüsse erotischer Bilder tauchten vor ihrem inneren Auge auf und entfachten erneut Lust in ihr. Ja, er war ein geduldiger Liebhaber. Zuerst war er etwas erschrocken, zog sich etwas zurück, als er merkte, dass da ein kleiner Widerstand war, welches ihm sagte, dass sie noch Jungfrau war, doch sie hielt ihn umfangen und da ließ er sich fallen.

Sie konnte nicht glauben, dass sie mit Alexander geschlafen hatte. Sprühende Farben tanzten vor ihren Augen. Sie erwiderte seine stürmischen Bewegungen und spürte, wie er sich unter ihr anspannte. Er drang tief in sie ein, sie schmiegte sich eng an ihn und ermunterte ihn weiter zu machen. Langsam drang er wieder in sie ein, doch sie trieb ihn weiter an. Er stöhnte ungehemmt und laut auf, während seine Lust sich entlud. Sein Stöhnen drang noch in ihren Ohren nach, untermahlte ihren eigenen Höhepunkt. Kraftlos lehnte sie den Kopf an seine Schulter Mit jedem Atemzug sog sie seinen Duft ein. Diese Affäre sollte niemals enden. Hoffentlich war dies nur der Anfang.
„Du hättest es mir sagen müssen, dann wäre ich behutsamer mit Dir umgegangen", sagte er zu ihr.
„Ich dachte, Du wolltest nichts mehr von mir wissen, wenn ich es Dir vorher gesagt hätte", murmelte sie verschämt.

Vorsichtig schlich sie sich aus dem Bett und zog sich an. Sie war sich sicher, sie war die leichteste

Eroberung auf der Welt. Sie wusste nicht, was sie nach dieser Nacht tun sollte, bleiben oder gehen. Sie hatte keinerlei Erfahrung auf diesem Gebiet. Deshalb schaute sie noch einmal lächelnd auf ihn, der noch tief schlief, dann verließ sie leise die Wohnung. Es war eine unglaubliche Liebesnacht, wie könnte sie diese jemals bereuen.

Alexander erwachte und hörte, wie die Wohnungstür mit einem leisen Klicken ins Schloss fiel. Es war gut so, denn bis jetzt hatte er nie eine Frau gebeten, über Nacht bei ihm zu bleiben.
Doch dann kam die Erinnerung. Was hatte er gemacht? Und was hatte Helen, diese bezaubernde Frau aus ihm gemacht?
Er stand auf, wollte Helen nachlaufen, doch dann bedauerte er, dass Helen ihm wohl heute Morgen nicht begegnen wollte. Also blieb er in seiner Wohnung, trank einen Espresso. Er vermisste sie schon jetzt, weil er sie gerne noch einmal geliebt hätte.
Sonnenlicht fiel durch die Scheiben und warf einen hellen Fleck auf den Fußboden. Alexander blieb einen Moment stehen, genoss die Wärme. Er konzentrierte sich auf den Arztbericht, den er in die Hand genommen hatte.

Keine Zeit für traurige Erinnerungen. Doch,....

Alexander dachte an seinen Vater. Er litt an einer Herzschwäche, die überwiegend die rechte Herzhälfte betraf. Die körperliche Leistungsfähigkeit schien bei seinem Vater normal, doch bei den Belastungen, denen er als Landarzt ständig ausgesetzt war, konnte er sich nur noch leichten körperlichen Anstrengungen aussetzten. Doch seine Patienten waren ihm wichtiger.
Wenn Alexanders Mutter sagte:
„Du musst kürzer treten", erwiderte er nur stets: „Bald ist Alexander so weit, um die Praxis zu übernehmen, dann habe ich noch viel Zeit zum Ausruhen."
Doch diese Zeit hatte er nicht mehr. Er wusste und er spürte es.
Sein Vater wurde auf dem kleinen Friedhof des Dorfes, in dem er viele Jahre Arzt und Helfer für die Bevölkerung war, beigesetzt.

Doch jetzt war Alexander die neue Generation, jetzt führte er die Praxis. Der Alltag in der Landarztpraxis seines Vaters begann.

Er dachte an seine Eltern, an Julia, seine Schwester. An eine unbeschwerte Kindheit. Er ging mit seiner Schwester durch dick und dünn. Sie war mit ihm auf die Bäume geklettert, sie hatten manche Streiche zusammen ausgeheckt und seine Freunde und er hatten sie an den lustigen Zöpfen gezogen.

Doch sie revanchierte sich auf dem Tennisplatz. Flink und gewandt jagte sie alle hin und her. Ein inniges Verhältnis verband die Familie, doch sein Vater fehlte ihm sehr, hatte er doch gehofft, dass sie noch Seite an Seite arbeiten würden.

Die Praxis konnte einen deutlichen Anstieg an Patientenzahlen verbuchen, darunter viele Frauen, die sich von dem jungen, gut aussehenden und charmanten Doktor Alexander Berger behandeln lassen wollten.
Doch er hatte von Anfang an klar gestellt, dass er keine engere Beziehung zu seinen Patientinnen pflegen würde.

Lächelnd dachte er an Helen. Er hatte Sehnsucht nach ihr.
Heute hatten sich Helen und Julia wieder zum Tennisspiel verabredet, als unvermutet Alexander auftauchte. Helen versuchte sich auf ihren Ball zu konzentrieren, doch sie reagierte umgehend auf ihn und seine Nähe belebte ihren sinnlichen Hunger.

Helen hätte niemals damit gerechnet, dass Alexander sie wieder küssen würde. Oder dass elektrische Funken übersprangen. Sein meisterhafter Kuss weckte alle ihre Sinne und löste Reaktionen in ihr aus, die nur dieser Mann in ihr

wachrufen konnte. Hitze sammelte sich in ihrem Schoß, sie ließ ein leises Stöhnen hören. Auch seiner Kehle entfuhr ein lustvolles Knurren und er vertiefte den Kuss noch. Widerstrebend ließ er sie los.
„Wir sehen uns heute Abend", raunte er ihr zu.

Benny betrat den Behandlungsraum
„Ja, was hast Du denn gemacht?" fragte Alexander bestürzt, als er Benny sah.
Benny stöhnte: „Au! Aua!", als Alexander vorsichtig die rot geschwollene Nase berührte.
„Ich wollte Dir nicht weh tun", entschuldigte sich Alexander.
„Aber ich fürchte, Deine Nase ist angebrochen. Sie lässt sich leicht verschieben. Wie ist denn das passiert?"
Benny jedoch sagte nichts dazu, sah ihn nur dankbar an.
In der Praxis half ihm seine Mutter. Sie holte eine Spritze und Kanüle aus dem Schrank und bereitete alles für eine örtliche Betäubung vor.
„Glauben Sie, dass ich operiert werden muss?", fragte er ängstlich.
„Das wird nicht nötig sein", beschwichtigte er seinen jungen Patienten lächelnd.
„Die Nase ist nur ein wenig schief. Kannst Du wieder richtig Atmen, bekommst Du wieder Luft?", fragte er etwas später.

Benny atmete ein paarmal tief ein und aus.
„Es geht wieder. Vielen Dank für Ihre Hilfe."
Trotzdem er sicher Schmerzen hatte, ging er fröhlich pfeifend aus der Praxis und Alexander schmunzelte vor sich hin. Eine kleine Keilerei, vermutete er.

Trotz zunehmender Patientenzahlen nahm sich Alexander Zeit für jeden einzelnen.

Jetzt saß Herr Herrmann, ein schon älterer Mann, vor ihm und krümmte sich vor Schmerzen. Sein von Falten zerfurchtes Gesicht wurde immer blasser. Es bestand Verdacht auf akute Blinddarmentzündung. Schnelles Handeln tat Not.
„Haben Sie denn niemanden, der Sie in die Klinik bringen kann?", fragte Alexander.
„Wieviel Patienten warten noch auf mich?", fragte er seine Mutter. Sie lächelte ihn an.
„Du kannst Herrn Herrmann unbesorgt in die Klinik bringen. Es ist im Moment nichts Wichtiges."
Sie informierte die Klinik und dort war schon alles vorbereitet, als Herr Hermann dort ankam. Er wurde sofort operiert und alles ging gut.

Pünktlich kam Alexander ins Restaurant, doch Helen wartete bereits auf ihn. Ihr warm schimmerndes braunes Haar mit den goldenen Strähnchen zog seinen Blick automatisch an. Der

Kellner brachte den Cocktail und nahm die weitere Bestellung auf. Sie unterhielten sich entspannt und warteten, bis der Kellner das Essen vor sie hinstellte.
Alexander nahm einen Bissen seines Steaks und registrierte befriedigt, dass sich Helen mit Appetit über ihren Lachs hermachte und nicht nur das Essen hin und her schob.
Nach dem Essen besuchten sie das Konzert eines befreundeten Pianisten.

„Was für ein tolles Konzert", seufzte Alexander zufrieden.
Arm in Arm wanderten Helen und er durch die nächtliche Stadt. Die Luft war mild. Hier und da schallte fröhliches Gelächter zu ihnen herüber.
„Hat es Dir auch gefallen?"
„Ja, es war schön", kam zögernd die Antwort.
Alexander blieb stehen und drehte Helen zu sich herum.
„Was ist los? Du bist schon den ganzen Abend merkwürdig."
Er sah in ihre großen, blauen Augen, die im Schein der Straßenlaternen glänzten.
„Du bist so anders als sonst. Bedrückt Dich etwas? Du weißt doch, dass Du mit mir über alles reden kannst."
Verlegen biss sie sich auf die Lippen.
„Du liest in mir wie in einem offenen Buch",

murmelte sie leise. Er nahm behutsam ihr Gesicht in seine Hände.
„Willst Du mit mir darüber reden?"
Helen haderte mit sich.

Heute wollte sie gerade den Personalraum betreten, als sie Lachen und einen Satz hörte, bei dem sie wie angewurzelt stehen blieb.
„Oh, Mädels, dieser Alexander Berger ist der schärfste Mann, der je auf unseren Fluren gewandelt ist."
Die Stimme gehörte Kathleen, der neuen Krankenschwester.
„Der Typ braucht nur Hallo zu sagen, und ich könnte ihn in die nächste Abstellkammer zerren."

„Ich schäme mich ein bisschen. Ich bin eifersüchtig auf die neue Krankenschwester, auf Kathleen. Sie schwärmte so für Dich und erzählte überall, wie gut Du aussiehst und dass sie Dich unbedingt kennenlernen müsse. Ich sollte Dich verlassen, damit sie freie Fahrt bei Dir hat."
„Das ist ja eine bodenlose Frechheit."
Trotzdem, war es nicht so, dass er sich nicht geschmeichelt gefühlt hatte, als sie ihn letztens im Krankenhaus so angelächelt hatte, so siegesgewiss. Sicher, Helen war seine Freundin, er war verliebt in sie, aber....

…aber als sie in Alexanders Wohnung ankamen…

Schon im Lift begann Alexander Helen an die Wand zu drängen. Sein Mund ergriff leidenschaftlich von ihr Besitz und seine Hände wanderten unter ihre Bluse. Sie war warm und weich und fühlte sich so gut an unter seinen Fingerspitzen. Sie schafften es kaum in die Wohnung. Mit dem Fuß drückte Alexander die Tür zu und schon begannen sie hastig, sich gegenseitig aus zu ziehen. Die Kleider zeigten eine Spur von der Tür bis ins Schlafzimmer. Sein Körper zitterte vor Verlangen, als er sie zum Bett drängte. Er küsste sie. Sein fester entschlossener Mund wanderte über ihren. Seine Zunge glitt über ihre Unterlippe, er leckte und knabberte und…
…dann vertiefte er den Kuss, drang mit seiner Zunge in ihren Mund und umspielte ihre.
In dem Moment verschwand jeder vernünftige Gedanke in einem Strudel des Verlangens, der durch sie hindurch wirbelte und jeden Nerv zum Leben erweckte. Ihre Hand glitt seine Brust hinauf und ihre Finger umspielten das weiche Haar in seinem Nacken. Er schlang die Arme um sie und zog sie enger an sich. Sie berührte ihn, Brust an Brust, Hüfte an Hüfte, bis sie jeden Zentimeter seines Körpers an ihrem spürte – die feste Brust, die kräftigen Muskeln seiner Schenkel und die anwachsende Erektion. Ihr Verstand warnte sie,

aber das erregte sie nur noch mehr. Hitze breitete sich von ihren Wangen her aus und kroch tiefer. Sie wanderte Zentimeter für süßen quälenden Zentimeter hinab, bis ihre Brustwarzen pochten und die Feuchtigkeit sich zwischen ihren Schenkeln ausbreitete. Und das nur wegen eines Kusses. Weil der Mann, der sie küsste, wild und unbesonnen war. Er war der Richtige für sie. Sie wollte ihn.
Sein Blick verdunkelte sich, als er wieder ihren Mund berührte, und sie spürte die überwältigende Spannung, die zwischen ihnen knisterte. Er drückte sie sacht auf die Matratze. Seine Finger liebkosten dabei die deutlich sichtbaren Brustspitzen. Seine Hand ließ er dann hinunter zu ihren Knöcheln wandern. Er konnte dem Verlangen einfach nicht wiederstehen. Langsam fuhr er die Kurve ihres Unterschenkels bis zum Knie hinauf und lächelte, als er hörte, wie ihr der Atem stockte. Dann ließ er seine Finger zurück wandern. Sein Herz klopfte, sein Puls raste, und das Verlangen ergriff ihn.

Alexander betreute auch in der Klinik noch einige seiner Patienten.

Heute saß er in der Klinik auf der Intensivstation bei einem kleinen Jungen auf dem Bett. Helen erklärte ihm gerade:

„Wir haben von dem Tumor so viel wie möglich weggenommen, alles konnten wir leider nicht entfernen, denn wir konnten keine weiteren Schäden im Moment riskieren."
Fragend sah sie Alexander an, doch der war ganz versunken in den Anblick der neuen Krankenschwester.
„Was hast Du gerade gesagt?", fragte er, wie aus einem Traum erwachend. Da klingelte auf einmal sein Handy und froh über die Unterbrechung, eilte er aus dem Zimmer.

Kathleen beugte sich tiefer über den Medikamentenwagen. Die Tür stand offen und sie sah Dr. Berger an. Wie gut er wieder aussah! Das Haar stand ihm ein wenig wirr vom Kopf ab, es wirkte stets so, als hätte er es sich beim intensiven Nachgrübeln zerrauft.
Dr. Berger begrüßte die junge blonde Schwester mit einem kleinen Lächeln. Sie war eine sehr versierte Kraft, besaß trotz ihrer Jugend schon sehr viel Einfühlungsvermögen. Das hatte er schon mehrmals bemerkt, wenn sie zusammen die Patienten versorgt hatten.
„Brauchen Sie meine Hilfe, Herr Doktor?", fragte sie und sah ihn an.
Alexander schüttelte den Kopf.
„Danke, aber ich muss jetzt wieder in meine Praxis."

Sie musste ihre ganze Selbstbeherrschung aufbieten, um nicht erkennen zu lassen, wie unglücklich sie war. Sie biss sich auf die Lippen, bis es schmerzte. Verflixt, das war nun wirklich nicht geplant gewesen. Wie sollte sie ihn näher kennenlernen, wenn sie sich nicht regelmäßig sahen?

„Schwester Kathleen! Bitte kommen Sie doch einmal mit!"
Dr. Schäfer, der chirurgische Assistent, winkte sie zu sich.
Wenn Sie einen Moment Zeit hätten, könnten Sie mir beim Verbandswechsel helfen."
„Natürlich." Kathleen ließ sich nicht anmerken, dass sie diese Aufgabe nur ungern übernahm. Doch sie konnte und durfte sich keine Blöße geben. Sie musste alles tun, um nur angenehm aufzufallen – vielleicht würde dann auch Alexander Berger endlich erkennen, dass sie die ideale Partnerin für ihn war. Kathleen hatte sich vorgenommen, einen Arzt zu heiraten, doch der musste ihr auch äußerlich gefallen. Und deshalb würde sie Dr. Berger für sich gewinnen - irgendwie!
„Danke für Ihre Hilfe, Schwester Kathleen", sagte Doktor Schäfer, bevor er hoch zur Intensivstation fuhr.

Es war ziemlich blauäugig von Helen, darauf zu hoffen, dass Alexander ihr treu war. Vielleicht bot sich jetzt ja die Gelegenheit, ihn auf Abstand zu halten. Alexander trat auf sie zu.
„Ich hatte gehofft, Dich noch zu treffen und mehr Zeit mit Dir zu verbringen. Aber das habe ich wohl gerade verdorben."

„Stimmt, im Augenblick bist Du nicht gerade jemand, mit dem ich etwas zu tun haben möchte."

Sie ging weiter ins nächste Krankenzimmer und ließ ihn einfach stehen, doch sie spürte förmlich seinen Blick in ihrem Rücken.
Männer. Es sollte kein Problem sein, mit ihnen zusammenzuarbeiten, aber in der Realität sah das oft anders aus. Helen erstickte den Gedanken an Alexander im Keim.

Sie machte bei ihren kleinen Patienten die Runde. Dem Baby mit der Bronchomalazie schien es besser zu gehen und sie hoffte, dass es ab morgen ohne CPAP-Beatmung zurechtkam. Danach half sie einer Mutter, ihr zu früh geborenes Kind zum ersten Mal im Arm zu halten. Es war ein berührender Moment. Helen liebte ihren Beruf. Anders als in ihrem Privatleben hatte sie hier im

Krankenhaus alles im Griff und wusste genau, was sie tat.

Am Abend stand Alexander vor ihrer Tür.
„Wir müssen reden", sagte er.
Ein verlockender Duft nach exotischen Kräutern und Gewürzen wehte mit ihm ins Haus.
„Warum bist Du hier?"
Sie sah ihn an.
„Weil ich Dich sehen wollte. Um mich zu vergewissern, dass es Dir gut geht. Es tut mir leid, dass Du den Eindruck bekommen musstest, die neue Krankenschwester würde mir etwas bedeuten. Weil ich nicht weiß, ob ich Dich nicht unglücklich gemacht habe."

„Hör zu Alexander, Du bist ein wunderbarer Mann, aber Du brauchst Dir um mich keine Sorgen zu machen. Es war ein schöner Traum."
Sie seufzte leise.

„Was ist mit Abendessen?",
fragte er ein wenig listig.
Sie konnte ihn schlecht vor der Tür stehen lassen, außerdem musste sie unbedingt wissen, was da so wahnsinnig lecker roch. Er war erleichtert.
„Komm rein, gehen wir in die Küche", sagte Helen.

Doch es war schwer Distanz zu wahren. Alexander füllte mit seinen breiten Schultern fast die kleine Küche aus. Er zeigte ihr grinsend eine Leckerei nach der anderen. Dann öffnete er Schränke und Schubladen, so, als sei er hier zu Hause. Helen deckte inzwischen den kleinen Glastisch im Wohnzimmer. Sie blickte über die Schulter, als sie Alexander singen hörte. Es brachte sie zum Lächeln und sie schlug alle Bedenken in den Wind. Als sie sich umdrehte, wäre sie fast mit Alexander zusammengestoßen. Er streckte die Hände nach ihr aus, um sie zu stützen. Die Hände fühlten sich so gut an.
„Brauchst Du noch etwas?", fragte Helen.
„Ja, die Gläser", erwiderte er.
„Musst Du nicht noch fahren?" fiel ihr dann ein.
„Ein Glas schadet nicht", schmunzelte er.
Sie ging in die Küche hinaus und Alexander ließ ihr die Zeit, die sie brauchte.

Bald saßen sie am Tisch. Alexander empfand ein ungewohntes Gefühl von Frieden.
Die Luft in der Küche knisterte, als sie zusammen aufräumten. Sanft strich Alexander über ihre Wange. Helen trat ihm einen Schritt entgegen. Mehr brauchte Alexander nicht, um sie an sich zu ziehen und ihren Mund in Besitz zu nehmen. Er trug sie ins Schlafzimmer. Helen schloss die Augen, fühlte die Macht, die er über sie hatte. Sie

hatte das Gefühl vor Verlangen zu zerfließen. Er legte sie behutsam auf das Bett.
„Vielleicht möchtest Du mich heute ausziehen?", fragte er spitzbübisch.
„Mm", sie krabbelte vom Bett und bewegte dabei aufreizend ihren süßen Po.
„Wenn Du allerdings so weiter machst"…, warnte er sie mit rauer Stimme. Fasziniert beobachtete er sie. Sie war ein Traum, eine Erfüllung, die zum Leben erwachte. Es machte ihn stolz, dass sie ihm vertraute.
Sie rissen sich die Kleider achtlos vom Leib. Alexander sah nur Helen, ihr Gesicht, ihren Mund, ihre Hingabe. Und er dankte ihr mit wachsender Leidenschaft, der sie beide in einen schwindelerregenden Strudel der Ekstase zog. Lichter, bunt und schillernd tanzten hinter ihren geschlossenen Lidern. Als sie wieder Luft holen konnte, packte sie Alexander an den Schultern. „Danke."
Er lächelte sanft. „Gern geschehen."

„Noch eine Tasse Kaffee?", fragte Melanie Baumann. Erwartungsvoll sah sie auf Alexander Berger. Sie tat nichts lieber, als diesen zu verwöhnen. Dies hatte sie schon getan, als er noch ein kleiner Bub war.

Und jetzt, da er die Praxis seines Vaters übernommen hatte, konnte sie weiterhin für ihn da sein. Sie führte schon immer den Haushalt.
„Gerne, danke!" Alexander hielt ihr die Tasse hin.
„Übrigens, die Marmelade ist ein Gedicht. Stammen die Früchte aus unserem Garten?"
„Natürlich", erwiderte sie.
„Es ist wichtig, dass Du deinen Appetit nicht verlierst", meinte sie mütterlich.

Melanie hatte nie eine eigene Familie besessen und war als junge Frau ins Doktorhaus gekommen. So war es ihr dann zur Heimat geworden.

Es war ein altes Haus mit einem hohen Giebel. Das Fundament war aus Backsteinziegeln. Weiß gestrichene Sprossenfenster glänzten in der Mittagssonne. Die Gardinen wehten leicht im Wind. Auch die Haustür war weiß gestrichen, die obere Hälfte mit kleinen Sprossenscheiben verziert. Blau gestrichene Fensterläden hingen rechts und links der Fenster. Neben der Tür standen Tontöpfe mit bunten Blumen. Das Grundstück war mit einem halbhohen weißen Zaun eingegrenzt. Ein schmaler Weg schlängelte sich bis zur Haustür, an dessen Seiten sich schmale Blumenrabatten befanden. Hinter dem Haus gab es einen großen Gemüsegarten. Alte Obstbäume standen auf einer Wiese, die sich bis zum Fluss

ausbreitete. Ein Gärtner half Melanie bei der Gartenarbeit.
Im Haus führte eine breite Treppe in die Privaträume. Auch hier war auf den Holzdielen alles mit alten Teppichen ausgelegt.
Das Wohnzimmer war geschmackvoll mit alten und neuen Möbeln ausgestattet. Übergroße Sofas und Sessel luden zum Entspannen ein. Doch auch hier waren einige moderne Stücke eingefügt. Julias gemalte Bilder hingen neben alten Meistern. Auch hier standen auf polierten Holztischen Vasen mit Blumen. Durch eine große Verandatür kam man auf den Balkon und hatte eine großartige Aussicht auf den vorbeifließenden Fluss hinter dem großen Garten.
Unten im Erdgeschoss befanden sich die Praxisräume. Eine kleine Spielecke im Wartezimmer beschäftigte die jungen Patienten.

Die Sprechstunde hatte gerade angefangen. Es war Grippezeit und das bedeutete, dass es heute später werden würde.

Brigitte und Marianne waren auf dem Heimweg von der Schule.
„Fehlt Dir etwas, Brigitte?", fragte Marianne bestürzt, als sie Brigitte anschaute. Diese krümmte sich vor Schmerzen. Blutleer war ihr Gesicht. Marianne wurde es ganz mulmig.

„Geht es noch ein bisschen? Da vorne ist gleich die Praxis von Doktor Berger."
Doch als sie Brigitte nochmals ansah, sagte Marianne energisch:
„Warte, ich hole Hilfe. Setzt Du Dich auf die Bank da drüben", und schon lief sie los.

Schnell informierte sie den Doktor und dieser lief sogleich mit. Alexander wusste, dass Brigitte ein Notfall war. Er kannte das junge Mädchen, denn sie hatte oft Magenbeschwerden und auch schon einmal ein Magengeschwür gehabt, dass jedoch durch eine Rollkur ausgeheilt werden konnte. Diesmal jedoch sah es nicht so aus, denn sie war schon fast bewusstlos.
„Ist es sehr schlimm?", fragte Marianne leise.
„Momentan sieht es nicht gut aus, vielleicht ist es auch noch eine Grippe, aber es ist nicht lebensbedrohend, doch sie muss in die Klinik und er rief den Notarzt. Er wollte Marianne beruhigen und so bat er sie:
„Würdest Du bitte ihre Eltern benachrichtigen?"

Alexander hatte sich schon oft Gedanken über dieses junge Mädchen gemacht. Ihre Mutter war an einem Magendurchbruch gestorben, als sie erst acht Jahre alt war. Er hatte es den Akten seines Vaters entnommen.

Ihr Vater heiratete eine Karrierefrau, die nach außen gut repräsentieren konnte. Beide hatten sie wenig Zeit für Brigitte. Stattdessen bekam sie Pferde, weil ihr Hobby das Reiten war. Und Brigitte übte keine Kritik, die ihr sowieso niemand geglaubt hätte und litt still. Auch ihre beste Freundin Marianne wusste nichts davon. Und ihre Eltern waren wieder einmal verreist und nicht erreichbar.

Inzwischen wurde Brigitte in der Klinik von Helen untersucht. Ihr derzeitiger Zustand war alles andere als ermunternd. Die Diagnose stand fest. Es war wieder ein Magengeschwür. Dies Mal aber ein großes und an einer Stelle, die eine Operation notwendig machte.

Helen erschrak, als Brigitte sagte:
„Dann operieren Sie mich halt, wenn Sie es für nötig befinden. Glauben Sie denn, dass man sich auf Gottes Hilfe verlassen kann? Man kann sich einzig auf sich selbst verlassen", und drehte den Kopf zur Seite.

Emma, das Hausmädchen hatte die Eltern erreicht, die in zwei Tagen wieder zurück sein wollten. Daraufhin beschloss Helen, dass sie noch zwei Tage mit der Operation warten wollte.

Alexander besuchte Brigitte.
„Nicht aufregen", sagte er weich, als sie sich wieder über ihre Stiefmutter ärgerte.
„Dadurch entstehen auch Deine Magengeschwüre."
Alexander unterrichte Helen über die Familienverhältnisse.
Deshalb war Helen erstaunt, als sich Brigittes Vater bei ihr meldete.
„Ich bitte um Verständnis, aber ich war in Wien und bin sofort zurückgekommen, als ich erfuhr, dass Brigitte in der Klinik liegt.
„Es handelt sich wieder um ein Magengeschwür aber wie es aussieht, lässt es sich nur ausheilen, wenn sie eine Weile in der Klinik bleibt. Belastungen darf sie auf keinen Fall ausgesetzt werden", erklärte Helen.
„Selbstverständlich. Brigitte ist erblich vorbelastet, ihre Mutter starb an einem Magendurchbruch."
„Wir wollen es nicht erblich belastet nennen. Gewiss sind gewisse Anlagen vererbt, was aber nicht besagt, dass diese Krankheit ausbrechen muss. Brigitte ist ein sehr sensibles Mädchen und bei ihr spielt die Psyche eine große Rolle."
„Sie meinen, dass sie Kummer hat?", fragte er zögernd.
„Ich hoffe, dass Brigitte jetzt mit mir offen spricht", sagte er dann leise.

Nach einer Weile konnte Brigitte als geheilt entlassen werden und Alexander sagte zu ihr: „Bitte keinerlei Aufregungen mehr, wenn Dich etwas bedrückt, kommst du einfach zu mir."

Eine alte Patientin seines Vaters kam jetzt in die Sprechstunde. Alexander begrüßte sie herzlich. Sie war von einer rührenden Anhänglichkeit.
Sie sah ihn mit einem liebevollen, mütterlichen Blick, verborgen hinter der alten Nickelbrille, an.
Alexander lächelte zurück.
„Wo tut es denn heute weh?", fragte er augenzwinkernd.
„Wenn ich Sie so anschaue, tut mir gar nichts mehr weh, Herr Doktor", sagte sie verschmitzt.
„Weiß man es?" ging er auf ihren leichten Ton mit einem Schmunzeln ein.
„Na ja, das Wetter macht mir zu schaffen und mit dem Laufen wird es auch immer schlimmer, doch mit den Spritzen geht es dann immer für eine Weile, wenn ich auch genau weiß, dass die Medikamente bald nicht mehr helfen können.
Doch wenn man alt ist, ist jeder Tag ein Geschenk."
Alexanders Mutter zog die Spritze, auf.
„So", sagte er zu Frau Seidel, „gleich wird es Ihnen wieder besser gehen."
Mit einem glücklichen Lächeln verabschiedete sie sich.

Alexander schaute seine Mutter an und dann die Fotografie seines Vaters, die auf dem Schreibtisch stand.
„Ich vermisse ihn immer noch so sehr."
„Ich auch", erwiderte seine Mutter.
„Du solltest eine Familie haben", meinte sie leise.
„Für die ich keine Zeit hätte? Mein Beruf füllt mich aus und ich nehme ihn ernst."
Doch er dachte an Helen.
„Nun muss ich noch ein paar Krankenbesuche machen und heute Abend gehe ich ins Konzert", teilte er seiner Mutter mit.
Lächelnd verabschiedete er sich mit einem Kuss auf der Wange von ihr.

Alexander kam gerade noch rechtzeitig zum Konzert. Die Türen wurden gerade geschlossen. Er saß ganz am Rande, weil es auch vorkommen konnte, dass er mitten aus einem Konzert herausgeholt wurde. Der Saal verdunkelte sich schon.

Helen raunte ihm zu:
„Du hast es gerade noch geschafft."
Er drückte zärtlich ihre Hand und gab ihr einen Kuss. Sie sah apart aus wie immer.
Alexander ließ sich von den Tönen einfangen und die Umwelt war für ihn versunken. Die Liebe zur

Musik hatte er wohl von seinem Vater geerbt.
Wenn ihm Zeit blieb setzte er sich auch gerne
selbst an den Flügel. Der Solist dieses Abends, ein
junger Pianist, übertraf alle seine Erwartungen.
Hingerissen lauschte ihm Alexander.
Die Pause kam, und eigentlich wollte Alexander
jetzt nichts anderes mehr hören, so gefangen war
er von der Musik des Pianisten.
„Ich möchte gehen", sagte er rau.
„Gehen wir noch ein Glas Wein trinken?"
„Ja, gern."

Anschließend brachte er sie nach Hause. In ihrem
Apartment küsste er sie leidenschaftlich und trug
sie ins Schlafzimmer. Sie liebten sich bis zum
frühen Morgen. Doch er konnte nicht bleiben, weil
seine Praxis ihn rief.

Alexanders nächster Patient krümmte sich vor
Schmerzen. Alexander untersuchte ihn gründlich.
„Herr Seibold, es wird wohl nicht zu umgehen
sein, dass Sie sich einer Magenoperation
unterziehen", sagte Alexander zögernd, denn er
wusste, dass es schwierig werden würde, ihn zu
einer Operation zu überreden.
„Ich muss Sie sofort in die Klinik einweisen."
„Operieren, das kommt gar nicht in Frage."
Herr Seibold war Geschäftsmann und immer
unterwegs. Doch er betrieb auch eine

Autowerkstatt. Er war mit einer netten Frau verheiratet und hatte zwei erwachsene Kinder.
„Sie sind jetzt erst Mitte Vierzig und wenn Sie sich nicht bald operieren lassen…", er machte eine Pause.
„Dann?", fragte Herr Seibold und wurde ganz blass, „wollen Sie damit andeuten, dass ich sonst sterben muss?"
„Ich werde mich hüten", erklärte Alexander.
„Aber Sie werden die Schmerzen nicht mehr loswerden und sie werden immer schlimmer. Ich weiß bald nicht mehr, welches Medikament ich Ihnen noch geben soll. Ihrem Sohn könnten Sie die Werkstatt anvertrauen und Ihrer Tochter das Büro."
„Reden Sie nicht herum."
„Ich will es einmal so beschreiben. Der Motor, Ihr Herz ist noch gut, noch ist es gut. Sperren Sie sich nicht gegen eine Operation. Ich muss Ihnen unbedingt dazu raten."
„Ich will die Wahrheit wissen", erwiderte Herr Seibold.
„Ist es Krebs?"
„Es könnte Krebs werden", sagte Alexander.
„Wenn ich mich operieren lasse, habe ich eine Chance?"
„Eine Chance hat man immer. Dr. Mangold, hier im Krankenhaus, ist einer der besten Chirurgen."

„Von Ihnen würde ich mich gleich operieren lassen. Warum sind Sie kein Chirurg?"
„Weil mir der ganze Mensch lieber ist, aber ohne Chirurgen geht es auch nicht."
„Also melde ich Sie bei Dr. Mangold an und gebe Ihnen dann gleich Bescheid, wann Sie einrücken sollen."
„Und wenn es schiefgehen sollte?"
„Der Patient kann viel dazu beitragen, dass es gutgeht", erwiderte Alexander.

Alexander benachrichtigte Helen von der bevorstehenden Operation Herrn Seibolds. Sie würde Dr. Mangold als OP Schwester assistieren.

Alexander hielt den Atem an bei dem Gedanken, der plötzlich wie ein Blitz aus heiterem Himmel kam. Bisher war er nur von Stimmungen gefangen gewesen, aber jetzt wusste er auf einmal genau, was er wollte. Er dachte zum ersten Mal ans Heiraten, an eine Familie, an die unlösliche Zusammengehörigkeit.
„Was denkst Du, Alexander?", fragte Helen leise.
„Ein Mann in meinem Alter sollte doch eigentlich schon verheiratet sein", schmunzelte Alexander.
„Wer redet denn hier vom Heiraten?", fragte sie beklommen.
„Ich, oder ist sonst noch jemand hier?"

Atemloses, berauschendes Glück nahm sie
gefangen. Ihr Herz klopfte stürmisch.
Helen wusste plötzlich ganz genau, was sie sich
wünschte, nämlich, immer an Alexanders Seite zu
sein. Sie wollte nicht mehr nur OP Schwester sein.
Sie würden alle Sorgen, die sein Beruf mit sich
brachte, zusammen tragen. Seine Lippen legten
sich zärtlich auf ihren bebenden Mund und sie
vergaßen alles um sich herum.

Zu seiner Erleichterung wurde Alexander heute
nirgends lange bei seinen Hausbesuchen
aufgehalten.

„Ich habe mich so blöd angestellt, ich bin mit
meinem Daumen in die Brotschneidemaschine
gekommen, aber meine Frau fehlt mir halt, " sagte
der grauhaarige Hausmeister verlegen.
„So, jetzt tut es mal ein bisschen weh, aber dann
haben wir es geschafft. Ihre Frau wird ja bald aus
der Klinik entlassen."
Alexander hat den tiefen Schnitt geklammert und
einen Schutzverband darüber gelegt.
„Vielen Dank, den Krankenschein werde ich dann
noch vorbeibringen."

Wenn man Alexander nur flüchtig kannte, traute
man ihm nicht zu, dass er ein so gemütsvoller Arzt
war. Er wirkte eher wie ein Sportsmann seiner

äußeren Erscheinung nach. Er sah gut aus und deshalb kamen wohl auch viele Frauen zu ihm in die Praxis. Was ihn ein wenig daran störte, war die Tatsache, dass jede meinte, er müsse Zeit für ein Plauderstündchen haben. Seine Mutter, musste oft mit aller Diskretion einschreiten.
Jetzt rief sie über die Sprechanlange.
„Kreislaufzusammenbruch."
„Sie entschuldigen mich Frau Brandner, ich werde dringend gebraucht."
Wohl oder übel musste sie jetzt gehen.
„Lassen Sie sich doch nicht so hetzen", sagte sie mit einem süßlichen Lächeln.
„Das haben Sie doch gar nicht nötig."
„Auch wenn ein Menschenleben in Gefahr schwebt?", fragte er ungläubig.

Melanie Baumann, die Haushälterin, hatte den Kaffeetisch draußen im Garten unter dem großen Apfelbaum gedeckt. Alexanders Mutter und auch Helen genossen den freien Nachmittag.
„Helen, könntest Du Dich für eine Landarztpraxis entscheiden?" fragte Alexanders Mutter direkt.
„Ich möchte mich gerne zurückziehen. Wie Du weißt werde ich mit Heinz eine Urlaubsreise machen, damit wir uns besser kennenlernen."
Sie errötete wie ein junges Mädchen.
„Würdest Du mich vertreten, Dich für eine Woche beurlauben lassen?"

„Ja, ich könnte mir das durchaus vorstellen, hier in der Praxis mit zu helfen", erklärte sie leise.
„Doch was wird Alexander dazu sagen?" meinte sie kleinlaut.
„Wir werden ihn fragen, wenn er von seinen Hausbesuchen zurückkommt", erwiderte Alexanders Mutter.

Als Alexander heim kam, staunte er nicht schlecht, Helen zu sehen. Frau Baumann brachte ihm gleich ein Gedeck und schon waren sie mitten im Gespräch.
„Ich habe Helen gebeten, mich in meinem Urlaub zu vertreten", sagte seine Mutter sofort, kaum dass er Platz genommen hatte.
Zuerst schaute er etwas überrascht, doch dann lachte er schallend.
„Das hast Du Dir ja großartig ausgedacht", sagte er immer noch lachend zu seiner Mutter.
„Aber ich könnte mich an den Gedanken gewöhnen, Helen immer um mich zu haben. Du wirst mir ja sicher nicht mehr lange erhalten bleiben", zwinkerte er seiner Mutter vergnügt zu.
Und wieder wurde diese ein wenig verlegen.

„Aber zunächst werden Helen und ich am kommenden freien Wochenende verreisen. Helen sah ihn fragend an.

„Was hast Du vor?", fragte sie ihn.
„Lass Dich einfach überraschen."
Er zog sie hoch, legte zärtlich den Arm um ihre Taille und sie gingen zusammen ins Haus. In seiner Wohnung nahm er sie in die Arme und küsste sie leidenschaftlich. Und wie immer, sie konnte ihm nicht wiederstehen. Sie öffnete leicht ihre Lippen und hieß ihn willkommen. Später, als sie sich geliebt hatten, fragte Helen ihn neugierig:
„Was ist das für eine Überraschung?"
Geheimnisvoll überreichte Alexander ihr ein Kuvert. Helen öffnete es sogleich und stieß einen freudigen Überraschungsschrei aus. Sie hielt zwei Karten für die Oper Aida in Verona in der Hand.
„Das Du daran gedacht hast, vielen Dank. Ich freue mich schon auf Verona und Aida."
Glücklich umarmte sie ihn.
„Wir fahren am Freitag und sind am Montag wieder zurück", verriet ihr Alexander.
„Und wo werden wir übernachten?", fragte Helen.
„Das wird noch nicht verraten", erwiderte Alexander geheimnisvoll.

Helen kam aus einer zerrütteten Familie. Ihre Eltern ließen sich scheiden, als sie gerade erst sechs Jahre alt war. Sie wohnte mit ihrer mürrischen, alten Tante in einem alten Haus, schaute nur in einen verwilderten Garten oder in einen dunklen Hinterhof. Und es hieß immer,

Helen das tut man nicht und Helen…. So lernte
Helen schon bald, sich nur auf sich selbst zu
verlassen.
Ihre Klassenlehrerin hatte schon bald ihr Interesse
an der Medizin entdeckt und schlug sie für ein
Stipendium vor.
Die Eltern kümmerten sich nicht um sie, hatten sie
doch beide wieder neue Partner und da waren
auch noch die Stiefgeschwister. Helen fühlte sich
nicht wohl, weder in der einen, noch in der
anderen neuen Familie.

Auf der Universität lernte Helen Julia kennen.
Diese nahm sie oft mit in ihr Elternhaus. Hier
wurde Helen mit offenen Armen aufgenommen.
Helen und Julia wurden die besten Freundinnen,
gingen zusammen durch dick und dünn und teilten
sich auch ein Studentenzimmer. Beide studierten
Medizin, Julia wollte Ärztin werden und Helen in
den OP Bereich eines Krankenhauses.

Sie liebten beide das Tennisspiel und so lernte Julia
ihren späteren Mann Robert und Helen Alexander,
den Bruder Julias kennen. Alexander studierte auch
Medizin, denn er sollte einmal die Praxis seines
Vaters übernehmen und Robert wollte
Steuerberater werden. Alexander und Robert
studierten an einer anderen Universität und so kam

es, dass Helen und Alexander sich erst später kennenlernten.

Dies alles ging Alexander durch den Kopf. Helen hatte schon einmal seufzend gesagt, dass sie Aida liebte und gerne einmal Venedig kennenlernen möchte.
So hatte er das Wochenende gebucht. Aber er wollte sie auch mit einem Heiratsantrag überraschen. Den Ring trug er in seiner Jackentasche. Immer wieder vergewisserte er sich, dass der Ring auch noch da war.

Früh am Freitagmorgen fuhren sie los. Die Sonne schien schon bald heiß vom strahlend blauen Himmel, je weiter sie in den Süden kamen. Die erste Station war Limone am schönen Gardasee. Hier besuchten sie die Zitronenplantagen, saßen in einem kleinen Café und ließen ihre Blicke über den See schweifen. Verliebt schauten sie sich in die Augen.
„Ist das schön hier", freute sich Helen.

Dann fuhren sie weiter nach Malcesine, um die Skaligerburg im Schatten des Monto Bardolino zu bestaunen. Weiter ging es, immer am Gardasee entlang. In Bardolino kehrten sie in einem kleinen Hotel ein. Das Hotel lag eingebettet in einem schönen Park, direkt am See gelegen. Nachdem sie

eingecheckt hatten, machten sie einen kleinen Bummel durch das liebenswerte Städtchen. Abends saßen sie auf der Terrasse und schauten bei einem Glas Bardolino auf den Gardasee.
Helen schmiegt sich an Alexander.
„Komm", sagte er leise, „wir werden noch viel Schönes auf unserer Fahrt sehen."

Am anderen Morgen ging die Fahrt weiter nach Verona. Beeindruckend war das römische Amphitheater aus Veronesen Marmor im Herzen von Verona. Das Theater war ein ständiger Schauplatz von Opernfestspielen, aber auch von Konzerten weltberühmter Bands und Musiker moderner Musik.
Helen stand staunend davor und konnte sich nicht satt sehen. Es standen schon einige Menschenschlangen vor dem Theater an den verschiedenen Eingängen.
„Ja, leider müssen wir uns auch anstellen", bemerkte Alexander leise.
„Die Oper Aida ist wie immer ausverkauft."

Endlich, nach einer langen Wartezeit konnten sie das Theater betreten. Staunend betrachtete Helen die vielen Steintreppen. Es ging hoch hinauf. Sie mussten richtig klettern, die Stufen waren ziemlich hoch, denn sie dienten ja auch als Sitzplätze. Sie hatten ihre Sitzplätze so weit oben, dass sie einen herrlichen Blick über die Stadt Verona hatten. Die Sonne spiegelte sich noch in den Scheiben der umliegenden Häuser.

Plötzlich wurde es auf einen Schlag still. Helen meinte, jeder müsse ihren Herzschlag hören, so aufgeregt war sie.

Und dann… Aida begann…
Die Musik, die Darsteller, die Kostüme, die ganze Pracht stürmten auf Helen ein. Sie war wie berauscht und hatte nur noch Augen und Ohren für das was unten in der Arena geschah.

Alexander konnte sich nicht sattsehen an dem Wechselspiel der Empfindungen, die auf Helens Antlitz zu sehen waren.
Helen erwachte wie aus Trance und wusste im Augenblick gar nicht, wo sie war. Dann ging ein Leuchten über ihr Gesicht.
„Du hast mir einen unvergesslichen Abend geschenkt. Danke. Ich kann im Augenblick an nichts anderes denken."
Lächelnd beugte sich Alexander zu ihr und gab ihr einen leichten Kuss.
Es verging eine ganze Weile, bis sie wieder auf der Straße standen. Eng aneinander geschmiegt, legten sie die wenigen Schritte zu ihrem Hotel zurück.

In dieser Nacht liebten sie sich leidenschaftlich, doch unsagbar zärtlich.

Und weiter ging es am anderen Morgen nach Venedig. Helen glaubte nicht, dass der gestrige Tag noch zu toppen wäre. Sie sollte sich täuschen.
Vom Busparkplatz Tronchetto ging es per Bootstransfer zum Markusplatz.
Die Altstadt setzte sich aus einhundertachtzehn Inseln zusammen, zwischen denen sich unterschiedlich breite Kanäle hindurch zogen. Sehenswürdigkeiten: Canaletto Vedute, Zecca, Markusplatz mit Markusdom, verschiedene Bibliotheken und Museen.
Der Löwe gilt als Symbol des Hl Markus, die Säule mit der Mamorstatue als Symbol des Hl Theodor.

Nachdem sie in einem Hotel am Markusplatz eingecheckt hatten, schlenderten sie auf dem Markusplatz an kleinen Cafés vorbei. Diese Cafés luden zum Verweilen ein. Von hier konnte man das bunte Treiben der Touristen und die vielen Tauben beobachten.

Dann kam der Höhepunkt des Tages. Alexander lud sie zu einer Gondelfahrt ein.
Der Gondoliere machte sie auf den Palazzo Grimmanidi San Luca aufmerksam, auf die verschiedenen Kirchen z.B. Santa Maria

glorioseren Fari, auf das golden Haus Ca`d` oro,
auf das Fenice-Theaters, auf den Drogenpalast,
die Seufzerbrücke. Sie erfuhren, dass es immer
wieder auf dem Markusplatz auch
Überschwemmungen gegeben hatte.
Unter der Rialtobrücke hindurch fuhren sie durch
die engen Wasserstraßen hinüber nach Murano.
Von hier aus gingen die bekannten Murano
Kelche, Gläser, Schalen und viele Souvenirs in die
weite Welt hinaus. Dann fuhren sie mit der Gondel
wieder zurück zum Markusplatz.

Müde und mit vielen neuen Eindrücken kehrten
Helen und Alexander in ihr Hotel zurück.

Doch die größte Überraschung wartete noch auf
Helen.
In ihrem Zimmer stand ein großer Strauß roter
Rosen mit einem im Verborgenen kleinen
Schmuckkästchen.
„Was soll das bedeuten?"
Fragend schaute Helen Alexander an.
Sie zog das kleine Kästchen heraus und öffnete es.
Zum Vorschein kam der schönste Diamantring,
den Helen je gesehen hatte.
Alexander sah Helen strahlend an.
„Helen, ich liebe Dich mehr als alles auf der Welt.
Willst Du meine Frau werden?"

Alexander nahm den Ring aus dem Schmuckkästchen und steckte ihn Helen an den Finger.
Zögernd kam es von Helens Lippen.
„Du liebst mich und willst mich heiraten?"
Unsicher sah Alexander auf Helen.
Da lächelte sie ihn an und rief dann strahlend: „Ich liebe Dich auch und ja, ich will Deine Frau werden."
Aufatmend nahm Alexander Helen in die Arme und küsste sie leicht. Helen öffnete willig ihre Lippen, sodass seine Zunge in ihren Mund eintauchen konnte. Es begann ein sinnliches Spiel. Dann trug es sie auf seinen starken Armen ins Schlafzimmer und legte sie vorsichtig aufs Bett. Schnell waren beide ausgezogen und es begann das alte Spiel von Liebe und Leidenschaft.

Die Verlobung von Helen und Alexander war nicht wirklich eine Überraschung. Sie wollten in vier Wochen in der kleinen Dorfkirche heiraten.

Helen stand bei Alexanders Mutter in der Sprechstunde. Da kam er plötzlich herein.
„Helen", sagte er dann leise und sehr zärtlich und ein glückliches Lächeln war in seinen Augen.
Schnell zog sich seine Mutter zurück. Alexander streckte die Arme nach Helen aus und zog sie an sich.

„Vorsicht", flüsterte sie leise, „es sind schon Patienten da."
Er küsste sie dennoch.
„Ich bin froh, dass Du da bist", sagte er.
„Könntest ruhig öfter kommen."
„Du auch", erwiderte sie schelmisch.
„Du weißt ja, wie es hier zugeht."
„Ich habe Dir etwas mitgebracht",
und sie überreichte ihm eine Schallplatte von dem Pianisten, den er so liebte.

Am Abend hörten sie sich die Schallplatte an und ließen sich einfangen von der Musik.
Alexander konnte sich nicht sattsehen an Helens schönen Gesichtszügen. Helen stellte fest, wie ausdrucksvoll Alexanders Gesicht war, das jetzt ganz anders wirkte, wie sonst in der Praxis. Er konnte Beruf und Privat sehr gut voneinander trennen und sie fragte sich, wie viele Menschen ihn wirklich kannten.
„Apropos Kinder", überlegte Alexander laut.
„Wir wollen doch Kinder haben, Helen?"
„Natürlich", erwiderte sie.
„Dann sollten wir mit der Heirat doch nicht mehr so lange warten. Kinder sollten junge Eltern haben."
„Und dann soll ich nur Ehefrau und Mutter sein", sagte Helen gedankenverloren.

„Natürlich nicht, Du wirst mir in der Praxis zur Seite stehen. Darauf freue ich mich schon." Dann küsste er sie so heiß, dass sie seine Küsse erwiderte.

Um sieben Uhr, wie jeden Tag, läutete bei Dr. Berger der Wecker und aus der Küche kam der aromatische Duft des Kaffees. Frau Baumann war schon am Werk. Im Bad rauschte das Wasser und Helen kam schon heraus, als Alexander sich endlich aufrappelte.
Sie war taufrisch wie der erwachende Morgen. Ihre Lippen leuchteten verführerisch und er musste sie unbedingt gleich küssen.
„Manchmal kann ich nicht wahrhaben, dass mein Vater nicht mehr lebt. Er hätte sich so für uns gefreut. Du schau mich nicht so an, ich muss in die Praxis."

Auch Helen musste wieder zurück ins Krankenhaus. Es standen verschiedene Operationen an, bei denen sie assistieren würde.
Am Frühstückstisch gab sich Alexander heiter und gelassen.
Tennis hatten sie schon lange nicht mehr gespielt, fuhr es ihm spontan durch den Kopf.

Alexander ahnte schon, was Uschi Arnold bedrückte.

„Sie bekommen ein Baby", half er ihr weiter.
„Sieht man es mir schon an?", fragte sie bebend.
„Weit kann es noch nicht sein", nehme ich an.
„Wie soll ich es nur meinen Eltern beibringen? Mein Freund studiert noch und mein Vater ist in diesen Sachen sehr altmodisch."
„Doch er wird sich daran gewöhnen müssen", sagte Alexander nachsichtig.
„Ihre Eltern werden zuerst etwas erstaunt sein, aber dann auf eine baldige Heirat drängen."
„Weiß ihr Freund schon davon?"
„Nein, Herr Doktor. Aber ich will nicht wegen eines Babys geheiratet werden. Ich weiß auch gar nicht, wie man mit Babys umgehen soll. Mein Vater hat bestimmt gedacht, dass ich ihn entlasten würde. Es tut mir leid, dass ich meine Eltern enttäusche."
„Aber Sie möchten das Kind doch, oder?"
„Natürlich. Aber was ist, wenn meine Eltern mich vor die Tür setzten und ich kann doch meinem Freund nicht die Zukunft zerstören, er hat so dafür gearbeitet."
„Das wissen Ihre Eltern auch."
„Soll ich es Ihren Eltern bald sagen?"
„Würden Sie das tun?"
„Ich werde Sie jetzt einmal zu einem netten Kollegen schicken, der sie gründlich untersuchen wird", sagte Alexander.

„Und wenn ich Bescheid habe, spreche ich mit Ihren Eltern."
„Danke. Nun ist mir schon viel leichter."

Ein Lächeln ging über Alexanders Gesicht, als er an Helen dachte. Er könnte ruhig etwas aufmerksamer sein, ihr Blumen schicken. Doch welche Blumen schickte man seiner geliebten Frau? Rote Rosen? Die hatte sie in Venedig bekommen. Er bestellte ein Gesteck aus zartlila Orchideen.

Am nächsten Morgen wurde er vom Telefon geweckt. Helen hatte noch am Abend die Orchideen bekommen.
„Vielen Dank für die Blumen, aber es genügt, wenn Du an mich denkst."
„Ab und zu solltest Du es auch sehen. Ich denke immer an Dich", sagte er zärtlich.
„Es ist schön von Dir geweckt zu werden, doch ich freue mich schon auf die Zeit, jeden Morgen mit einem Kuss von Dir geweckt zu werden."

Doch zunächst würde seine Schwester Julia ihren Robert heiraten. Helen und Alexander sollten Trauzeugen sein.
Spontan hatte Helen angeboten:
„Ich schreibe die Einladungskarten und kümmere mich um den Blumenschmuck."

Der Tag der Hochzeit war gekommen. In der alten Dorfkirche führte Alexander seine Schwester an den Altar, an dem Robert sie erwartete.
Es wurde ein gesellschaftliches Ereignis.

Alexander sah Helen bewundernd an, sah sie doch in ihrem dunkelblauen Chiffonkleid mit gleichfarbiger Stola bezaubernd aus. Er dachte daran, dass auch sie bald von dem alten Dorfpfarrer getraut werden würden.
„Ich beneide die beiden", raunte Alexander Helen zu, als Julia und Robert die weiße Hochzeitskutsche bestiegen, „auch um die Flitterwochen."
„Wir werden die wenigen Wochen auch noch überstehen", wisperte Helen.
„Mir wird die Zeit manchmal schrecklich lang und mir gefällt es nicht, immer nur die anderen zu betrachten, die schon am Ziel sind."

Alexander wurde zu Uli gerufen. Er war ein schmächtiges Kind und er hatte schlimme Bauchschmerzen. Alexander ließ ihn gleich in die Klinik bringen, wo er auch sogleich operiert wurde. Größte Aufmerksamkeit wurde der Narkose gewidmet. Helen war auch jetzt sehr konzentriert, als sie dem Kinderarzt assistierte. Der Blinddarm war bereits am Durchbruch. Leichtsinnig verschleppt, wie der Arzt kombinierte. Der Puls

des Kindes war schwach, der Blutdruck sank zusehends ab.
„Blutkonserven fertig machen", befahl er.
Besonnen führte er die Operation zu Ende. Normalerweise war es eine Routineangelegenheit doch wenn das Leben dieses kleinen Jungen gerettet werden konnte, war es nur Dr. Bergers schneller Entschlossenheit und dem Können des jungen Chirurgen zu verdanken.
Jetzt können wir nur noch beten, dachte der Kinderarzt.
Der Vater des Jungen brach zusammen, als Uli aus dem Operationssaal an ihm vorbeigefahren wurde. Er bekam auch gleich einige Tage Bettruhe, denn er hatte einen Kreislaufkollaps erlitten.
„Wir müssten seine Frau unterrichten."
Doch auch Ulis Vater wusste nicht, wo sie sich gerade aufhielt.

Abends war Fußball angesagt, deshalb rief Alexander Helen mittags an.
„Ich hätte Dich heute Abend nicht gestört", neckte sie ihn.
„Oh, von Dir würde ich mich jederzeit stören lassen, Liebes. Es wäre schön, wenn Du jetzt bei mir wärst."
„Das geht leider nicht, wir haben viel zu tun im Krankenhaus. Jetzt sind wir voll belegt."
„Ich denke an Dich."

„Ich auch."
„Nur wer die Sehnsucht kennt, weiß was ich leide",
sagte seine Mutter zu ihm.
„Kommt Helen am Wochenende zu uns?"
Alexanders Mutter war glücklich, dass die beiden
sich gefunden hatten.

Doch es gab einen, der seine heimliche Liebe zu
Helen noch nicht überwunden hatte und sie gar
nicht wusste, wie tief diese saß.
Der ungemein sympathische und überaus sensible
junge Arzt, Doktor Fischer, der es meisterhaft
verstand, sich in die Stimmungen der Patienten
hineinzudenken, konnte seine Gefühle sehr gut
verbergen.
Er hatte gleich gewusst, dass er neben Alexander
keine Chance hatte, als der auf der Bildfläche
erschien.

Alexander hatte es sich bequem gemacht. Frau
Baumann hatte ihm das Abendessen bereitgestellt
und sich in ihre Räume zurückgezogen. Seine
Mutter war zu ihrem zukünftigen Mann gefahren.
Es stand null zu null, er hatte also noch nichts
versäumt. Das Spiel wurde schneller und versprach
interessant zu werden. Da hörte er plötzlich
Bremsen quietschen und einen dumpfen Aufprall.
Er schlüpfte automatisch wieder in seine Schuhe,
als es auch schon läutete.

„Helfen Sie mir", ertönte eine Männerstimme.
Er riss die Tür auf und sah schon auf der
gegenüberliegenden Straßenseite eine am Boden
liegende Gestalt. Mit ein paar Schritten war
Alexander bei ihr. Der Mann stand sichtlich unter
Schock. Immer wieder stammelte er:
„Sie ist nicht tot, sie darf nicht tot sein."
Das Gesicht war blutüberströmt, die Kleidung
teilweise zerfetzt. Der Puls war nur noch schwach
fühlbar.
Alexander untersuchte die Fremde vorsichtig.
Helfen Sie mir bitte", sagte Alexander zu dem
Fremden „und rufen Sie bitte den Notarzt und die
Polizei. Ich muss versuchen, die Blutung am Kopf
zum Stillstand zu bringen."
Gebrochen hatte die junge Frau anscheinend
nichts, aber ob innere Verletzungen vorlagen
konnte er natürlich nicht sicher feststellen.

In diesem Augenblick kam schon der Notarzt und
die Fremde wurde weiter versorgt und in die Klinik
gebracht.
Dann kam auch die Polizei.
Der Polizist nahm die Angaben Alexanders auf,
soweit er etwas dazu sagen konnte.
Dann fragt er den Fremden: „Und wer sind Sie?"
Alexander bemerkte kurz: „Er steht unter Schock."

„Sie wurde von einem Auto angefahren", stammelte der Fremde.
„Also wie kam es zu dem Unfall?", wollte einer der Beamten wissen.
Alexander schlug vor:
„Ich werde ihm ein Beruhigungsmittel geben. Ich möchte auch seine Wunde im Gesicht versorgen."
„Ich weiß es nicht", sagte der Fremde auf die Frage des Polizisten, wie es zu dem Unfall gekommen sei.
„Die Wunde muss ich wohl beim Aufprall bekommen haben."
Inzwischen erfuhren die Beamten, dass er Florian Schmid hieß, dreiundzwanzig Jahre alt war und Jura studierte.
„Ich bin nicht zu schnell gefahren, sonst wäre wohl alles noch schlimmer ausgefallen. Vor mir fuhr ein Wagen. Plötzlich lief eine Frau über die Straße. Der Wagen streifte die Frau, sie fiel hin und der Wagen fuhr einfach weiter. Ich habe die Verletzte nur gestreift, dann prallte ich auch schon an die Hauswand", erklärte Florian leise.
Dann verließen die Beamten die Praxis. Leider war inzwischen auch das Fußballspiel zu Ende.
Alexander sank müde ins Bett, doch einschlafen konnte er lange nicht, denn seine Gedanken kreisten ständig um das eben erlebte.

Alexander machte heute seine Besuche im Krankenhaus. Ein älterer Patient musste mit Grippe in die Klinik gebracht werden. Es stand sehr schlecht um ihn, denn er war außerdem Asthmatiker. Doch mittlerweile ging es ihm wieder besser und er blieb nur noch zur Überwachung einige Tage länger in der Klinik.
Drei Kinder mit Mumps hatte Alexander in die Klinik bringen lassen, um mögliche Folgeerscheinungen aus zu schalten. Heute hatte er noch ein Kind mit einer gefährlichen Grippe eingeliefert. Die Mutter vermutete nur eine tüchtige Erkältung. Doch Gott sei Dank hatte sie um Hilfe gebeten, sodass er das Kind noch rechtzeitig in die Klinik bringen konnte.
Er wollte auch zu Helen, doch die war gerade im OP bei einer Gehirnoperation an einem kleinen Jungen. Er hoffte, dass der Tumor vollständig ausgeräumt werden konnte. So fuhr er wieder zurück in seine Praxis.

Die Sprechstunde war vorbei und er hatte keine Hausbesuche zu machen. Da klingelte es. Er öffnete die Tür und im nächsten Augenblick lag Helene in seinen Armen. Er küsste sie wie ein Verdurstender, überglücklich, sie zu sehen.
„Hoffentlich komme ich nicht ungelegen", meinte sie schelmisch.

„Eine größere Freude hättest Du mir nicht machen können, ich wollte Dich vorhin im Krankenhaus besuchen, doch Du warst im OP", erwiderte er zärtlich. „Nichts soll uns stören".
Er schloss die Praxis und sie gingen in seine Wohnung.
Alexanders Mutter wohnte inzwischen schon bei ihrem zukünftigen Mann.

Frau Baumann freute sich Helen zu sehen. Ja, das war die richtige Frau für ihren Doktor. Sie zog sich schnell wieder in ihr Reich zurück.
Alexander nahm Helene in die Arme und küsste sie.
„Weißt Du was wir morgen machen, Liebste? Wir fahren an den Chiemsee und segeln mal wieder. Mein Boot verrottet sonst. Und wir haben unsere Ruhe."
„Hoffentlich macht uns das Wetter keinen Strich durch die Rechnung."
Sie traten hinaus auf die Terrasse.
„Es wird schön bleiben."
Alexander sollte Recht behalten. Ein schöner Morgen mit einer Sonne, die schon jetzt recht heiß vom strahlend blauen Himmel herab schien.

Frau Baumann packte einen Picknickkoffer.
Sie erreichten die Autobahn gerade noch rechtzeitig, bevor die große Ausflugswelle

einsetzte. Am Ziel machten sie schnell das Boot klar.
„Wochenend und Sonnenschein und dann mit Dir im Boot allein", sang Alexander übermütig.
„…im Wald allein", berichtige Helen lachend.
Sie waren völlig gelöst vom Alltag und genossen diesen herrlichen Tag.

Doch dann bemerkte Helen ein Schlauchboot, das sich viel zu weit heraus gewagt hatte. Plötzlich wurde das Schlauchboot von einer Welle umgeworfen.
Helen war wie gelähmt, als gellende Hilfeschreie erklangen.
Alexander war wie ein Pfeil ins Wasser geschossen. Mit kräftigen Stößen teilte er die Wellen. Er war ein guter Schwimmer, aber leicht war das Vorankommen nicht, da jetzt ein Wind die Wellen aufpeitschte. Vom Ufer heulte eine Sirene auf, ein Motorboot knatterte an ihm vorbei. Er sah, wie sich eine Hand aus dem Wasser streckte und wieder versank. Das blaue Schlauchboot war schon ganz nahe. Ein winzig scheinendes Etwas klammerte sich fest daran und schrie: „Papa, Mama!"
Alexander konzentrierte sich nur auf das Kind. Endlich hatte er es erreicht.
„Mama! Papa!", jammerte das Kind.

Das Motorboot holte ihn und das Kind an Bord. Er blickte sich um und konnte doch nichts erkennen, nur das sein eigenes Boot mit Helen näher kam.

„Das ist mein Boot. Setzten Sie mich ab. Suchen Sie die Eltern", bat er heiser und schweratmend.

„Mama, Papa", jammerte der kleine Junge, der etwa vier Jahre alt sein mochte.

Der Wind frischte stärker auf.

Zuerst hoben sie das Kind über die Bootswand. Es kauerte sich angstvoll auf dem Boden zusammen und schluchzte angstvoll. Es murmelte, doch sie konnten ihn nicht verstehen, weil seine Zähne klapperten. Sie hüllten ihn eine Decke und flößten im etwas warmen Zitronentee ein.

„Wir nehmen ihn mit", sagte Helene spontan, „bis sich die Eltern oder irgendwelche Verwandte melden."

Und das war wohl unser schönes Wochenende, dachte Alexander.

So fuhren sie also mit dem kleinen Jungen wieder nach Hause.

Frau Baumann handelte sofort, als sie den keinen Jungen, der nur in eine Decke gehüllt und mit einer Badehose bekleidet war, sah. Sie eilte auf den Dachboden, denn dort hatte sie einen ganzen Koffer Kinderkleidung von Alexander aufbewahrt. Der Kleine war in einen tiefen Schlaf gefallen und

Helene betrachte ihn. Schwarze Locken umrahmten ein hübsches Gesicht. Lange schwarze Wimpern lagen auf den braunen Wangen. Die festen kleinen Finger hielten die Bettdecke fest, als umklammere er immer noch das Schlauchboot.
„Nun müssen wir überlegen, was wir mit dem Kleinen anfangen", meinte Alexander.
„Ich werde ihn mitnehmen in unser Kinderheim, dass der Klinik angegliedert ist. Dort kann er bleiben, bis sich ein Verwandter meldet. Dort sind auch noch andere Kinder in einer ähnlicher Situation."
Fröstelnd zog sie die Schultern zusammen, als sie an das Schicksal der Eltern dieses kleinen Jungen dachte. Ob sie sich wohl hatten retten können?
Alexander setzt sich neben sie, umarmte sie und Helene legte ihren Kopf auf seine Schulter.
Plötzlich schreckte sie ein Weinen auf und Helene ging zu dem Kleinen.
Sie fragte ihn: „Wie heißt Du?"
Und er antwortete: „Norbert."
Doch dann wollte er wissen, wer sie sei und wo seine Eltern wären. Helen versuchte dem Kleinen begreiflich zu machen, was passiert war. Er war ganz stumm und sah sie mit seinen großen, dunklen Augen an.
Er sagte: „Ich habe heute Geburtstag. Mein Papa hat deshalb das Boot gekauft."

Helene liefen kalte Schauer über den Rücken; Geburtstag des Jungen und gleichzeitig Todestag der Eltern? Hoffentlich nicht. Denn zu diesem Zeitpunkt wussten sie noch nicht, dass die Eltern auch gerettet werden konnten. Dies sollten sie erst später erfahren.

Frau Baumann brachte ihm etwas zu essen. Er hatte großen Hunger, doch er schlief darüber vor großer Ermüdung ein.

„Ärgerst du Dich darüber, dass unser Wochenende so einen ganz anderen Verlauf genommen hat?"
„Nein, denn wir haben ein kleines Menschenleben gerettet."
„Ich liebe Dich Alexander", sagte Helene.
„Es wird Zeit, dass wir heiraten und selbst einen Sprössling bekommen, Helene", murmelte Alexander zwischen zwei zärtlichen Küssen.
Das war auch die einzige Stunde, die ihnen blieb, denn dann musste Helen wieder ins Krankenhaus.

Tiefster Abendfrieden lag über der Stadt, als Helene sich abends hinlegte. Ein leichter Duft der Rosen drang von der Terrasse in ihr Zimmer. Sie blühten schon lange. Doch vielleicht wird schon Schnee liegen, wenn wir heiraten, dachte Helene. Wie sehnte sie doch den Tag herbei, wo sie Alexander heiraten würde. So geduldig wie sie

immer schien, war sie gar nicht. Was machte er wohl gerade? Dachte er auch an sie?
Alexander kam erst sehr spät zu seiner Nachtruhe als Helene schon längst schlief. Er strich zärtlich über Helenes Bild, das auf seinem Nachttisch stand und schlief dann ein.

Ihre Ehe würde nicht im Gleichmaß der Tage versanden. Sie waren mit Leib und Seele ihrem Beruf verschrieben und brauchten beide den Partner, der Verständnis dafür hatte. Doch ihre Gefühle litten nicht darunter. Sie waren beide leidenschaftlich. Sie liebten sich über alles.
„Meine Traumfrau", sagte Alexander zärtlich.
„Es gibt gleich Kaffee", sagte sie.
„Das lasse ich mir gefallen."
„So wird es wohl während unserer ganzen Ehe sein."
„Du wirst Dich wundern, mein Schatz. Wie sollen wir dann das Tagesprogramm unserer Praxis erfüllen", scherzte Alexander.
Er aß hungrig die Brote, die sie ihm vorsetzte.
„Sag mal, willst Du mich mästen?"
„Solange es Dir schmeckt hast Du Hunger", sagte Helene.
„Ich glaube, Du hast abgenommen."
„Jedes Pfund zu viel verkürzt das Lebensalter. Und ich will uralt mit der werden, mein Liebling."

Alexander machte ihr das Schönste Kompliment so ganz nebenbei und Helen war unendlich glücklich. Schnell gab sie ihm einen Kuss.
„So ein Frühstück mit Dir könnte den ganzen Tag dauern", sagte Alexander.

Doch jetzt müssen wir uns wirklich beeilen, damit wir nicht noch auf vielen anderen Hochzeiten tanzen müssen", schmunzelte Alexander.
Er wartete auf einen Einwand Helens. Doch nur ein tiefer Seufzer klang an sein Ohr.
Helen kuschelte sich an ihn.
„Es wird nicht mehr lange dauern", flüsterte Helen, „dann werden wir zu dritt sein."
Fassungslos sah Alexander sie an.
„Und das sagst Du mir so nebenbei", rief er aus.
„Gar nicht so nebenbei, ich wollte nur eine ruhige Minute abwarten", erwiderte sie leise.
Die letzten Worte erstickte er schon mit seinen Küssen und dann lachte er glücklich.
Staunend sah Helen ihn an.
„Du freust Dich wirklich?"
„Ja, natürlich, hast Du etwas anderes erwartet?"

Alexanders Mutter kam gerade zur Tür herein.
„Wir werden schon in drei Wochen heiraten", erklärte Alexander ihr sofort.
„Wir bekommen ein Baby", stammelte er glücklich.

„Das muss ich sofort Julia mitteilen."
Julia rief spontan: „Dann müssen wir uns aber mit den Vorbereitungen sputen.
„Es wird nur eine kleine Familienfeier geben und nur die engsten Freunde."
„Da kommt schon eine ganze Anzahl zusammen", warf Julia ein. „Ich freue mich für euch. Ich komme gleich zu euch."

Keiner hatte an die Patienten gedacht, die schon im Wartezimmer saßen.
„Schnell, wir müssen an die Arbeit, auch wenn es schwer fällt."
Alexander gab seiner Helen noch einen Kuss.

Inzwischen hatte Alexander seine Patienten behandelt. Er hatte blendende Laune und die schien ansteckend zu wirken. Es war Mittagszeit. Am Nachmittag besuchte er auch noch Patienten, die er hatte in die Klinik einweisen müssen.

„Es ist doch wohl nur ein Gerücht?"
Fassungslos schaute Kathleen die Oberschwester an. Sie hatte sich in Dr. Alexander Berger verliebt und der wollte plötzlich Helen, die OP-Schwester heiraten?
Sie verzog das Gesicht, als sie hörte, dass sie Überstunden machen sollte. Sie fühlte sich ausgenutzt und hätte gern eine entsprechende

Bemerkung gemacht, doch das wagte sie nicht. Obwohl sie erst zwei Monate an der Klinik arbeitete, wusste sie bereits, dass es nicht ratsam war, sich zu beschweren. Kathleen seufzte. Dieses ganze Unternehmen hier lief gründlich schief. Sie hatte sich vorgenommen, sich endlich hier einen Arzt zu angeln und damit ihren Traum Wirklichkeit werden zu lassen. Arztfrau sein… auf der gesellschaftlichen Karriereleiter einige Stufen hochklettern… mitreden können… endlich dazugehören… nicht mehr nur das kleine, unbedeutende Karbolmäuschen sein, das zu kuschen und zu gehorchen hatte…

Dies waren Träume und Sehnsüchte, die Kathleen seit Jahren still in ihrem Herzen verschlossen hatte. Doch jetzt war sie entschlossen aufs Ganze zu gehen. Sie kam aus einem kleinen Dorf, hatte dort kaum Gelegenheit gehabt, einen interessanten Mann kennenzulernen. Doch hier müsste es ihr gelingen.

Kathleen hatte ausgezeichnete Zeugnisse, und es war ihr nicht schwergefallen hier unterzukommen. Und hier gab es Dr. Alexander Berger und der wollte Helen heiraten? Das konnte sie nicht zulassen. Gefährlich glomm es in ihren Augen auf. Sie ertappte sich, wie sie überlegte, wie sie Helen eins auszuwischen konnte.

Dr. Schäfer sagte zu der Oberschwester nach einem kurzen Zögern: „Ich habe das Gefühl, dass Ampullen fehlen. Aber ich bin mir nicht sicher."
„Du meinst – es wurde was aus dem Giftschrank entwendet?"
Sofort wurde die Oberschwester ernst.
„Das wäre ein Ding!"
Der junge Arzt zuckte mit den Schultern.
„Ich will keine Pferde scheu machen, aber… ich denke, gestern war die Packung noch voll, jetzt fehlen Ampullen. Vielleicht hat jemand vergessen sie einzutragen, nachdem er sie schnellstens gebraucht hatte."
„So viel Zeit muss immer sein", hielt die Oberschwester dagegen.
„Das kontrollieren wir jetzt gemeinsam."
Nach wenigen Minuten stand fest, die Ampullen fehlten.

Dass man schon ein Programm für die Hochzeit machte, wusste Alexander nicht. Für ihn zählte nur, dass Helen endlich seine Frau werden würde, dass er sich nicht mehr mit täglichen Anrufen begnügen musste, sondern dass jeder Tag mit ihr beginnen und enden würde.
Helen stöhnte, wenn Julia mit immer neuen Vorschlägen daherkam.
„Liebe Güte wir müssten ja drei Tage feiern, wenn es nach Dir ginge", sagte sie.

„Du wirst eine wunderschöne Braut sein", sagte Julia heiter. „Vergiss nicht, dass Du heute noch zur Anprobe fahren musst."
Fieberhaft sehnten Alexander und Helen ihren Hochzeitstag herbei. Julia rief Helen jeden Tag ins Gedächtnis, was noch alles erledigt werden musste, aber jeden Tag, den sie aus dem Kalender streichen konnten, brachte sie einander noch näher.

Mußestunden kannte Alexander in seiner Praxis nicht, denn es hatte sich die Kunde von der Heirat herumgesprochen und auch, dass die Praxis dann für zwei Wochen geschlossen bleiben würde. Alle freuten sich für ihren „Doktor" und Helen hatten sie schon längst als „Frau Doktor" akzeptiert.

Frau Baumann sagte immer wieder: „Das ich das noch erlebe."
Alexander sagte zu ihr: „Reg Dich nur nicht auf."
„Sag bloß nicht, dass Du nicht aufgeregt bist", erwiderte sie. „mir kannst Du nichts vormachen."

Sie sah ihn wieder vor sich, wie er als kleiner Junge bei ihr in der Küche saß. Sie durchlebte die Jahre noch einmal, wie er herangewachsen war. Sie war stolz, dass er zu dem Mann herangewachsen war, seinen Vater würdig zu vertreten.

„Alexander nahm Helen in die Arme.

„Du wirst jeden Tag noch schöner", flüsterte er andächtig in ihr Ohr.
Eine Überraschung verschönerte den Tag. Der Pianist, den Alexander so verehrte, war gekommen. Er würde den Hochzeitsmarsch spielen.

Der alte Dorfpfarrer erinnerte ein wenig wehmütig an Alexanders Vater, den alten Landarzt, der das alles leider nicht mehr erleben durfte.

Alle hielten den Atem an, als Helen dem Mann entgegenschritt, dem sie Liebe und Treue schwören würde. Es würden keine leeren Worte sein, so viel innere Bereitschaft, wie sich in den Gesichtern der beiden widerspiegelte.

Alexander war sehr nervös und versprach, Helen zu lieben und zu ehren, bis das der Tod sie scheide.

„Ich will", sagte er mit rauer Stimme.

„Ja, ich will", versprach auch Helen mit zitternder Stimme.

Sie tauschten die Ringe und der alte Dorfpfarrer sagte schmunzelnd, nachdem er sie für Mann und Frau erklärt hatte: „Sie dürfen ihre Frau jetzt küssen."

Es mussten sich Tränen tiefster Rührung in die Augen jener drängen, die mit dem ganzen Herzen dabei waren und das waren sie alle, die hier versammelt waren.

Alexander und Helen besiegelten ihr Jawort mit einem zärtlichen Kuss. Sie traten hinaus in den sonnigen Herbsttag.
Alexander sagte nur: „Meine geliebte Helen, nun bist Du meine Frau."

Nur ein winziger Wehrmutstropfen schlich sich bei Helen ein. Ihre Eltern waren nicht gekommen.

Unterdessen sann Kathleen immer noch auf Rache. Wenn sie sich vorstellte, dass gerade in diesem Moment die Hochzeit war, war sie außer sich vor Zorn.
Sie ging von Kabine zu Kabine, und überlegte, welchem Patienten sie die Ampulle spritzen sollte. Es musste Helen treffen. Sie warf einen Blick auf eine dort liegende Schwerkranke. Kathleen zögerte nur kurz, holte die Ampulle aus ihrer Kitteltasche und brachte das Gift in die Infusion ein. Niemand würde bemerken, dass sie es getan hatte. Vielleicht würde man gar nicht feststellen, dass die Patientin an einer Überdosis gestorben war. Hoffentlich gelang ihr Plan.

Währenddessen überlegten Dr. Schäfer und die Oberschwester, wer die Ampullen gestohlen haben könnte. Sie gingen von Kabine zu Kabine. Und dann sahen sie es auch schon.
„Schwester!" Dieses kleine Wort ließ Kathleen zusammenzucken. Panik stand in ihren Augen, die Injektionsnadel fiel zu Boden.
Mit zwei langen Schritten war Dr. Schäfer zur Stelle. Fassungslos sah er die Pflegerin an.
„Was haben Sie da getan?"
„Ich wollte doch nur…" Kathleen wusste nicht was sie sagen sollte. Doch dann schrie sie unbeherrscht:
„Ich wollte Helen bestrafen, bestrafen dafür, dass sie heute Dr. Berger heiratet."
Dr. Schäfer löste Alarm aus. Sie taten alles Menschen mögliche, um die Patientin zu retten. Die Patientin merkte von allem nicht. Sie dämmerte in einem starken Rausch vor sich hin, hatte Halluzinationen und droht immer wieder ins Jenseits abzugleiten. Zu hoch war die Dosis für sie gewesen.
Inzwischen hielt die Oberschwester Kathleen fest im Griff. Warum nur? Fragen über Fragen. Doch Kathleen wimmerte nur leise vor sich hin, als sie begriffen hatte, dass wohl alles nichts genutzt hatte.

„Ich wollte Dr. Berger und Helen treffen, die mich ignoriert haben. Er gehörte mir, Alexander, und sie hätte sich nicht einmischen dürfen. Ich liebe ihn."

Sie schrie unkontrolliert auf und dies war der Moment, wo allen klar wurde, dass Schwester Kathleen krank war und nicht mit normalen Maßstäben gemessen werden konnte. Sie informierten die Polizei und die Kollegen von der Psychiatrie.

Inzwischen konnten die Ärzte das Leben der Patientin stabilisieren, doch sie würde wohl noch viele Tage und Wochen zu ihrer völligen Genesung brauchen.

Die Hochzeitsgesellschaft ahnte nichts von dem Zwischenfall in der Klinik.

Helen und Alexander fuhren wohlgemut in die Flitterwochen.

Später, erst viel später erfuhren sie erschüttert, was sich an ihrem Hochzeitstag ereignet hatte.

„Wohin entführst Du mich?", fragte Helen und schmiegte sich glücklich an Alexander.

Doch der lächelte nur verschmitzt und fuhr weiter in Richtung Flughafen.

Doch noch immer verriet er nicht das Ziel.

„Du wolltest doch immer schon einmal nach Paris", schmunzelte er. „Seit Julia so sehr davon

geschwärmt hat. Und wo könnte eine Hochzeitsreise schöner sein?"
„Ich liebe Dich so unsagbar", erwiderte Helen gerührt und blinzelte ein paar Tränen weg.

Hand in Hand erkundeten sie Paris. Eine Bootsfahrt auf der Seine bezauberte beide. Fasziniert liefen sie in der Kunstgalerie umher, wo eine Kollektion von Werken namhafter Impressionisten untergebracht war.
Ging es jetzt in Richtung Eifelturm? Alexander hüllte sich in Schweigen. Mit dem Lift fuhren sie dann nach oben, wo sie einen atemberaubenden Blick über die Stadt hatten. Tausende Lichter begrüßten sie.
Helen hauchte: „Ach Alexander, das wird unvergesslich sein", und gab ihm einen zärtlichen Kuss.
„Hier werden wir essen", verkündete Alexander.
Auf dem Weg zurück ins Hotel fragte Alexander leise: „Bist Du glücklich, Helen?"
„Ja, denn ich liebe Dich."

Am anderen Tag aßen sie Crêpes in einem kleinen Café. Sie ließen sich in den Gärten des Louvre fotografieren und wanderten im Museum La Joconde an all den berühmten Gemälden – der Sphinx, der Venus von Milo und natürlich der

Mona Lisa – vorbei. Sie spazierten nachts im Mondschein am Ufer der Seine.
Paris, die Stadt der Liebe.
Im Hotel erwartete Helen eine Überraschung.
„Zur Erinnerung an Paris."
Helen schaute überrascht das Kästchen an, öffnete es staunend.
Eine wundervolle goldene Kette mit einem kleinen Diamanten als Anhänger. Sie war sprachlos. Doch dann fiel sie Alexander um den Hals und gab ihm einen zärtlichen Kuss.
„Danke", flüstere sie gerührt.
Und dann zeigte sie Alexander ihre ganze Liebe.

Doktor Alexander Berger kam von einem Sterbenden. Lange hatte er bei ihm verbracht. Die Angehörigen konnte er damit trösten, dass dem Verstorbenen ein langes Leiden erspart blieb. Jetzt war er auf dem Heimweg. Es war Mitternacht, als er durch eine dunkle Straße fuhr und plötzlich im Licht seines Scheinwerfers eine Gestalt am Straßenrand liegen sah. Schnell trat er auf die Bremse und schon lief er mit dem Arztkoffer auf die Person zu. Aus den Augenwinkeln bemerkte er noch, wie sich zwei oder vielleicht auch drei dunkle Gestalten davon machten. Vielleicht eine nächtliche Rauferei? Er beugte sich über den Verletzten und sofort rief er den Notarztwagen, denn Hilfe tat not. Alexander

fuhr hinter dem Krankenwagen her zur Klinik.
Dort stellte man fest, dass die Verletzungen
ziemlich schwer waren und der Patient musste
einige Wochen in der Klinik bleiben.
Inzwischen stellte die Polizei Nachforschungen an,
konnte jedoch nichts ermitteln, und so ging man
davon aus, dass es wohl Straßenraub gewesen sein
müsste, die Täter jedoch gestört wurden und somit
nichts gestohlen werden konnte.

Heute war Dr. Alexander Berger unterwegs zu
einem Kongress. Auf der Autobahn vor ihm fuhr
ein LKW in Schlangenlinien. Die Autobahn war
Gott sei Dank nur wenig befahren. Hoffentlich
geht das gut, dachte er bei sich und schon passierte
es. Der Lastwagen scherte aus. Die Fahrerin auf
der Gegenfahrbahn konnte nicht mehr ausweichen
und Alexander hörte ein furchtbares Krachen.
Glassplitter regnete es auf seine
Windschutzscheibe. Er bremste seinen Wagen auf
der Standspur, griff nach seiner Arzttasche, stieg
aus und eilte zu dem Unfall. Er zog sein Handy
heraus und rief den Rettungswagen und die
Polizei, gab seinen Standort durch.
„Hallo, können Sie mich hören?"
Doch die Frau sah starr in den Rückspiegel. Ein
Mädchen lag blutüberströmt auf dem Rücksitz. Dr.
Berger war noch mit der Erstversorgung

beschäftigt, als der erste Rettungswagen schnell näher kam.
Der Fahrer des LKWs hatte eine Rippenprellung und Unterschenkelfraktur, wie man dann in der Klinik feststellte. Er jammerte über Schmerzen im linken Arm und bekam dann noch einen Herzanfall. Eile war geboten. Die Rippenprellung war nicht so schlimm, doch die Unterschenkelfraktur musste sofort behandelt werden.

Da die Knochen am Schienbein kaum geschützt sind, kommt es oft zu offenen Brüchen, das heißt, die Knochenenden werden sichtbar. Der Unterschenkel ist häufig merkwürdig verdreht. Durch Röntgenaufnahmen und mit weiteren Untersuchungen, wie der Kernspintomografie kann festgestellt werden, wie schwer die Verletzung ist. Dabei wird geprüft, ob die Nerven oder die Gefäße durchtrennt worden sind.
Unter bestimmten Voraussetzungen ist eine Operation, durch das Einbringen eines Nagels, erforderlich, damit die Bruchenden wieder richtig zusammen wachsen.

Doch durch die Angst, die den Fahrer nicht zur Ruhe kommen ließen erkannten die Ärzte die typischen Anzeichen eines Herzinfarktes. Plötzlich einsetzende, länger anhaltende starke Schmerzen hinter dem Brustbein und auf der linken Brustseite ließen die Ärzte aufmerken. Der Fahrer wurde plötzlich blass, es trat ihm kalter Schweiß aus. Übelkeit, Atemnot, Unruhe, dazu das Engegefühl, all das waren nicht zu übersehende Anzeichen. Die Ärzte handelten schnell.

Wie sich später herausstellte, hatte der Fahrer auf Geheiß seines Chefs den Fahrtenschreiber manipuliert. Er war übermüdet und hatte so den Unfall herbeigeführt. Das würde für ihn und seine Firma noch ein Nachspiel haben. Die Polizei ermittelte schon.

Alexander kam mit der Frau und dem Mädchen ins Krankenhaus. Das Mädchen war zehn Jahre alt. „Sofort in den Schockraum", gab Helene ruhig ihre Anweisungen.
Wie sich herausstellte hatte das kleine Mädchen ein stumpfes Bauchtrauma. Die Bauchdecke war intakt, doch die darunterliegenden Organe waren betroffen. Sorge machten auch die inneren Blutungen, denn Kinder haben weniger Blutvolumen. Es konnten auch die Leber und Milz verletzt werden, manchmal auch der Darm. Mittels Ultraschall oder Computertomografie konnte man feststellen, ob man Organverletzungen sieht. Es galt die verletzte Milz zu retten, Die Blutgefäße mussten über ein Katheter verödet werden.

Julia, die Kinderärztin, und Helen, die ab und zu im Krankenhaus aushalf, arbeiteten Hand in Hand. Sie konnten die Kleine stabilisieren, das Mädchen musste jedoch sofort operiert werden. Doch Julia und auch Helen wussten, nur wenn die Kleine die Nacht überlebte, war die Gefahr gebannt.
Die Mutter der Kleinen schlief in einem Zimmer nebenan, denn ihr hatte man ein Beruhigungsmittel gegeben. Sie hatte den Unfall fast unverletzt überstanden. Die Splitter im Gesicht und sonstige Schrammen, konnten sofort behandelt werden.

Alexander und Helen genossen den gemeinsamen Abend bei einem Glas Wein und Saft für Helen. Sie sprachen noch lange über den ereignisreichen Tag. Julia würde sie informieren, wenn es etwas Neues geben würde. Dicht aneinander geschmiegt saßen sie auf dem gemütlichen Sofa. Frau Baumann hatte sich, nachdem sie ein vorzügliches Abendessen serviert hatte, zurückgezogen.

„Wie geht es Dir?" wollte Alexander wissen und strich sachte über ihren schon sichtlich gewölbten Bauch.
„Mir geht es gut, aber langsam werde ich sehr unbeweglich", erwiderte sie lächelnd und küsste ihn auf den Mund.

Das war eine Aufforderung, der Alexander nur zu gern nachkam. Und schon spielten sie das alte Lied der Liebe. Alexander war ganz behutsam, doch Helen rieb sich an ihm und so kamen sie dann gemeinsam zum Höhepunkt.

Jetzt waren es nur noch wenige Wochen, Tage? Der Zeitpunkt der Geburt rückte immer näher.

Als Dr. Alexander Berger nach dem gemeinsamen Frühstück das Haus verließ, fiel der Schnee in dichten, raschen Flocken und verwandelte die Umgebung in einen weißen Sturm. Alles sah wie verzaubert aus. Schade, dass von der Winterlandschaft in ein paar Stunden nur noch Matsch übrig bleiben würde.
Sein Nachbar, ein rüstiger Rentner, schaufelte gerade seinen Parkplatz frei. Er trug eine Pudelmütze und seine roten Wangen leuchteten mit seiner Nasenspitze um die Wette.
„Hoffentlich werden Sie nicht krank", grüßte Alexander ihn.
Doch dieser lachte nur und sprach: „Dann komme ich in ihre Sprechstunde."
Alexander griff in den Pulverschnee. Doch was war das? Ein Schneeball traf seinen Rücken. Die Kinder stoben lachend davon.
„Freche Gören", sagte sein Nachbar.

„Ja, das waren wir früher auch", schmunzelte Alexander.

Das erinnerte Alexander an seine Kindheit. Er sah sich mit Julia, seiner Schwester auf einem Schlitten, wie sie jauchzend den kleinen Hang hinunter rodelten. Er sah das Feuer im Kamin, als sie verfroren wieder ins Haus kamen, roch die Bratäpfel.
Er ging schnell zurück in seine Praxis, wo schon einige Patienten warteten. Die Zeitschriften lagen ordentlich auf dem kleinen Tisch und in der Ecke lag das Spielzeug für die Kinder noch in der geräumigen Truhe.

Helen schaute gedankenverloren den kleinen Eiskristallen zu, die vom Wind herum gewirbelt wurden, um sich dann aufzulösen, ehe sie den Boden berührten.
Ein kleiner Tritt in ihrem Bauch ließ sie lächeln. Ihr kleiner Sohn oder die Tochter machten sich immer deutlicher bemerkbar, als wollten sie oder es sagen, ich komme jetzt bald.
Sie setzte sich in ihrem Sessel am Fenster zurecht. Plötzlich bäumte sie sich auf. Sie rief Alexander in der Praxis an.
Dieser kam ganz aufgeregt herüber. Er hatte schon viele Babys geholt, aber jetzt war es sein eigenes.

Schnell wurde Helen ins Krankenhaus gebracht, Julia benachrichtigt, denn sie war ja die Kinderärztin.
Helen wurde für die Geburt vorbereitet. Die Wehen kamen jetzt schnell hintereinander. Sie dachte an die Worte, die sie auch immer werdenden Müttern gesagt hatte, wenn eine Wehe wieder einmal sehr schmerzvoll war.
Julia stand bei ihr und Alexander hielt ihre Hand.
„Du schaffst das", sagte er immer wieder. Sehr wahrscheinlich zu seiner Beruhigung wie alle werdenden Väter.
„Atme in den Schmerz hinein, hechele", ermunterte Julia sie. „Das Baby kommt gleich."
Tatsächlich, der Kopf war schon zu sehen.
„Bei der nächsten Wehe musst Du pressen. Das Baby will nicht mehr länger warten."
Julia lächelte. Sie dachte, wie es umgekehrt war, wie Helen ihr bei ihrer ersten Geburt zur Seite gestanden hatte.
„Presse mit aller Kraft", wandte sich Julia wieder Helen zu.
Sie hielt die Hand unter das Köpfchen des Babys, und langsam erschienen Kopf und Gesicht. Vorsichtig tastete sie mit dem Zeigefinger, ob sich die Nabelschnur um den Hals des Babys gelegt hatte. Das war glücklicherweise nicht der Fall.

„So, noch einmal pressen. Das Baby ist fast da, nun müssen noch die Schultern hindurch. Weiter pressen."
Winzige Schultern wurden sichtbar und dann folgte der Rest schnell nach.

Julia fühlte Alexanders ehrfürchtigen Blick, als sie das winzige Wesen in Händen hielt. Sie reinigte rasch Nase und Mund. Sobald der Mund frei war, begann das Baby zu schreien.
„Ein gesunder, wunderschöner Junge. Gratuliere."
Julia band die Nabelschnur ab und durchtrennte sie, wickelte das Neugeborene, nachdem es gesäubert war, in eine Decke und legte sie der glücklichen Helen auf den Bauch.
Alexander küsste Helen und nahm zärtlich das kleine Händchen seines Kindes.
In diesem so bedeutenden Augenblick dachten alle an Alexanders und Julias Vater, der so früh verstorben war. Er hatte seine Enkelkinder nicht mehr kennengelernt.

An diesem Morgen wachte Alexander sofort auf, als Peter schon um sechs Uhr schrie.
„Pünktlich wie ein Wecker", brummte er.
„Er hat Hunger", erwiderte Helen lächelnd.
„Sonst schläft er doch schon brav durch".
„Das werde ich nie verstehen", murmelte er vor sich hin. Wie kann eine Frau nur so munter sein,

wenn sie aus dem Schlaf geweckt wird. Ihr Lächeln ahnte er nur, und auch er lächelte.
Peter verstummte sofort, als Helen ihn aus dem Bettchen holte. Alexander staunte. Keine Hektik bei Helen, Zufriedenheit bei Peter, seinem Sohn. Alexander war glücklich, dass sie das Frühstück genau so gemütlich wie früher einnehmen konnten.
Frau Baumann deckte abends den Tisch, alles andere erledigte Helen.
„Eigentlich haben wir doch einen lieben, ruhigen Sohn", meinte Alexander, doch Helen sagte: „Lass ihn erst einmal Zähnchen bekommen. Doch tagsüber hält er mich schon richtig auf Trab".

Helen arbeitete noch nicht wieder in der Praxis und auch nicht im Krankenhaus. So konnte sie sich ganz auf ihren Sohn konzentrieren. Doch auch Frau Baumann kümmerte sich liebevoll um Peter. Sie entdeckte immer mehr Gemeinsamkeiten mit Alexander, hatte sie ihn doch auch von klein an begleitet.

„Ich möchte so gerne, dass Du auf meine Hilfe zurückgreifst, wenn es in der Praxis einmal drunter und drüber geht", sagte Helen zu Alexander.
„Na, schön, dann rufe ich um Hilfe", sagte er und küsste sie zärtlich.

Es war acht Uhr geworden, bis Alexander endlich heimkam. Von Helen wurde er mit einem zärtlichen Kuss begrüßt.
Frau Bergmann rief aus der Küche: „Das Essen ist fertig. Ich bringe es sofort."
Alexander ging ins Bad, um sich die Hände zu waschen, dann ging er hinauf ins Kinderzimmer, und gab seinem kleinen Sohn einen Gute Nacht Kuss.
Nachdem der Hunger gestillt war, saßen Helen und Alexander zusammen auf der Terrasse und er erzählte von seinem Tag. So hielten sie es immer.
Helen nahm regen Anteil an seinem Leben.

„Heute werde ich bestimmt nicht pünktlich zum Mittagessen kommen", sagte Alexander.
„Als wären wir das nicht gewohnt", seufzte Helen.
Frau Baumann erklärte: „Ich wollte heute Fisch machen, aber wenn er nicht pünktlich kommt…,
„dann essen wir ihn eben heute Abend, ob er da ist, oder nicht. Ich habe richtigen Appetit darauf."
Helen fuhr gegen zehn Uhr zum Markt, um dort frischen Eissalat, Meerrettich, Karotten, und Apfel für den Apfelstrudel, einzukaufen.

Sie bereiteten dann gemeinsam das Essen zu, dann ging Helen in den Garten und schnitt die schönsten Rosen. Nach einem wechselhaften Sommer schien es einen schönen Herbst zu geben.

Nur langsam färbten sich die Blätter, und der Rasen war noch frisch und grün. Es war ein schöner alter Garten, angelegt noch von Alexanders Eltern. Die Tannen am Ende des Gartens waren hoch gewachsen. Dann waren da noch die vielen Obstbäume. Früher war der Garten noch ein Genussgarten, der die Bewohner mit vielem versorgte, doch heute schmückten die Beete viele verschiedene Blumenarten. Ein kleiner Teich lag in der Mitte des Gartens. Am Ufer blühten verschiedene Gräser und die vielen Fische fühlten sich wohl, kamen an den Rand und wollten gefüttert werden. Es luden auch verschiedene Bänke zum Verweilen ein. Die Patienten, die noch warten mussten hielten sich bei schönem Wetter gerne hier auf, bis sie an die Reihe kamen, konnten sie sich doch mit anderen Patienten austauschen. Doch jetzt warteten sie lieber im Wartezimmer, denn die Tage wurden kürzer und kühler die Nächte und drinnen war es wohlig warm.
Das Feuer im Kamin war angezündet und man konnte sich wohl fühlen.

Doch wo blieb Alexander heute Abend? Er blieb immer öfter abends noch in der Klinik. Blieb er wegen Susann, der neuen Lernschwester? Die Krise mit Kathleen hatten sie an ihrem Hochzeitstag nicht so mitbekommen, denn sie

fuhren ja nach Paris in die Flitterwochen und als sie zurückkamen, war alles schon vorbei.
Doch Alexander war ein sehr attraktiver Mann und beliebt bei den Frauen – und er hatte noch immer Belegbetten in der Klinik.

Alexander jedoch war es gewohnt von den Schwesterschülern angehimmelt zu werden….und es schmeichelte ihm natürlich.
Susann war neu und hatte immer Dienst, wenn er seine Patienten besuchte. Sie benahm sich unauffällig und war immer zur Stelle, wenn er sie um Hilfe bat. Schnell hatte sich ein Vertrauensverhältnis zwischen beiden aufgebaut. Auch heute hatten sie wieder zusammen gearbeitet. Und unversehens hatte Alexander sie in das kleine Café auf der anderen Straßenseite eingeladen. Sie vergaßen die Zeit, denn sie hatten viele Gemeinsamkeiten entdeckt und es gab keine verlegenen Pausen.
Plötzlich schaute Alexander auf die Uhr. Es war spät geworden und ihm fiel Helen ein, Helen, die mit dem Abendessen auf ihn wartete.
„Es war schön mit Ihnen Susann", sagte Alexander, „doch jetzt muss ich dringend nach Hause."
„Können wir so einen wunderschönen Abend einmal wiederholen", fragte Susann leise.

Doch Alexander blieb ihr die Antwort an diesem Abend schuldig.
So ganz rein war sein Gewissen nicht, als er vor Helen stand, doch Helen sagte nichts und da erzählte er, dass er mit Susann noch ein Glas Wein getrunken und darüber die Zeit vergessen hatte.

Helen war zum zweiten Mal schwanger, doch das erzählte sie ihm an diesem Abend nicht, denn ein wenig verstimmt war sie schon.

Es wurde getuschelt im Krankenhaus, denn es blieb nicht verborgen, dass Alexander sich immer öfter mit Susann traf.
Julia, seine Schwester, fragte ihn: „Denkst Du denn gar nicht an Helen? Sie wird es erfahren, denn sie arbeitet ja auch hier."
Doch davon wollte Alexander nichts wissen. Er sonnte sich in dem Gefühl noch immer begehrenswert zu sein. Dass er damit seine Ehe aufs Spiel setzte war ihm gar nicht bewusst.

Helen zog aus dem gemeinsamen Haus mit dem kleinen Peter aus und wieder ins Schwesternheim. Peter wurde im Kindergarten betreut, während sie arbeitete.

Erst da reagierte Alexander.

„Ich liebe doch nur Dich", beteuerte er, doch Helen war nicht bereit, sofort wieder zurück zu ihm zu gehen.

Doktor Fischer hatte seine heimlich Liebe zu Helen noch nicht überwunden. Er war ein ungemein tüchtiger, sympathischer und sensibler Arzt, der sich in die Stimmungen seiner Patienten hinein versetzen konnte. Bisher hatte er es meisterlich verstanden, seine Gefühle für Helen zu verbergen. Doch als er sie jetzt so verletzlich erlebte, bot er ihr spontan seine Hilfe an.
So kam es, dass sie nicht allein mit Peter war. Er schenkte ihr seine ganze Aufmerksamkeit, stellte eine frische Rose auf ihren Schreibtisch, sorgte dafür, dass sie regelmäßig aß. Peter wurde von ihm betreut, wenn er nicht im Kindergarten war und Helen arbeiten musste. Er half ihr auch in der Schwangerschaft, denn nur er wusste davon. Er war ein guter Freund, doch er wollte doch so viel mehr sein.

Frau Baumann, die ihn seit seiner Kindheit kannte, seine Mutter, die in zweiter Ehe verheiratet war und auch Julia, seine Schwester erreichten Alexander nicht mehr.

Doch anstatt Helen um Verzeihung zu bitten, trotzte Alexander und verstrickte sich immer mehr in die Affäre mit Susann, die es meisterhaft verstand, ihn um den kleinen Finger zu wickeln. Jeden Abend gingen sie hinüber in das kleine Café, tauschten kleine Zärtlichkeiten. Susann wollte mehr. Sie hatte sich in Alexander verliebt. Als sie ihn eines Tages bat, mit zu ihr zu kommen, war es, als erwache Alexander aus einem Traum.

Was wollte Susann denn von ihm? Er liebte Helen und seinen kleinen Sohn Peter.
Alexander fuhr sich über die Augen. Was hatte er da nur angestellt? Es genügte ihm nicht mehr, Peter nur im Kindergarten zu sehen und er wollte…, ja was wollte er…?
Er wollte beide wieder zurück in seinem Leben haben, dass wusste er genau, doch so einfach schien es nicht. Er schämte sich, dass er von der Schwangerschaft nichts gewusst hatte. Doktor Fischer schirmte beide vor Alexander ab.
Dann wurde Alexander Zeuge vom Zusammenbruch Helens. Die Schwangerschaft sah man ihr jetzt schon an. Sie machte ihr zu schaffen, ihr Kreislauf streikte und sie musste viel liegen, um die Schwangerschaft nicht zu gefährden.
Er ging zu ihr ins Büro, um sie um Verzeihung zu bitten. Doch so einfach wollte Helen es ihm nicht machen.
„Was machst Du hier?", flüsterte sie leise, kaum vernehmlich.

„Ich möchte Dich um Verzeihung bitten",
sprudelte er schnell hervor, ehe sie ihn aus dem
Zimmer weisen konnte.
„Kommt wieder zu mir nach Hause, ich vermisse
euch so sehr. Ich kann ohne euch nicht leben, das
wurde mir klar. Das Haus ist so verweist."
Flehend schaute er sie an.
„Ich weiß, dass ich Dich unendlich verletzte."
Prüfend schaute Helen ihn an, erkannte seinen
Kummer und seine ganze Liebe in seinen Augen
und spürte, dass er die Wahrheit sagte.
„Es wird eine Weile dauern, ehe ich Dir wieder
vertrauen kann", drang es leise an Alexanders Ohr.
Er hörte nur, dass sie ihm verzeihen und wieder
vertrauen wollte, zog sie vom Stuhl in seine Arme.
Als er sie leicht küsste, spürte er einen Hauch von
Erwidern. Eine einzelne Träne lief über ihr
Gesicht und es brach ihm das Herz. Behutsam
küsste er die Träne von ihrer Wange.
Liebevoll strich er mit der Hand über ihren
gewölbten Bauch und ein kleiner Fußtritt ließ ihn
lächeln. Ja, es machte sich schon stürmisch
bemerkbar.
Alexander holte seine kleine Familie wieder nach
Hause und Frau Baumann freute sich, als sie von
der Schwangerschaft erfuhr.
„Jetzt kommt endlich wieder Leben ins Haus",
freute sie sich.

Doch was geschah inzwischen mit Susann? Sie hatte eingesehen, dass Alexander nie ihr gehören würde. Sie suchte sich eine neue Stelle und verließ das Krankenhaus. Und Doktor Fischer? Auch er wusste, dass er Helen verloren hatte, ehe er sie besessen.

Der Alltag holte sie schnell wieder ein. Alexander wusste, dass Helen sich schonen musste und versuchte so gut wie es ging, sie von allem abzuschirmen.

Die letzten Wochen der Schwangerschaft waren angebrochen. Helen rief Alexander und erklärte ihm, dass die Fruchtblase bereits geplatzt war. Aufgeregt rief er Julia im Krankenhaus an, damit sie alles vorbereiten konnte.
Zwanzig Minuten später war es soweit.
„Mit der nächsten Wehe ist dein Baby da."
Julia ertastete mit den Fingern den Kopf des Kindes.
„Hecheln, Helen, Hecheln. Du schaffst das."
Helen versuchte es, stöhnte dann laut auf.
„Ich kann nicht."
Doch sie presste weiter unter Stöhnen. Einen Moment später erschien der Kopf des Babys mit einem runzeligen überrascht wirkendem Gesicht.
„Der Kopf ist draußen. Gut gemacht!"

„Unser Baby ist gleich da", strahlte Alexander und seine Stimme klang rau. „Ich sehe schon das Köpfchen."
„Ich kann nicht mehr", schluchzte Helen. „Das schaffe ich nicht."
Julia beobachtete Helen genau, das schwitzende, erschöpfte Gesicht. Helen, die so kurz vor dem Ziel am Ende ihrer Kräfte war.
„Das Schwierigste hast Du geschafft, Helen", sagte Julia ruhig. „Du kannst das, noch eine Presswehe."
„Julia hat recht, Helen", bestätigte Alexander.
„Mit der nächsten Wehe helfe ich bei den Schultern, und der Rest kommt ganz von selbst."
„Okay, ich spüre sie schon…" Und sie presste mit aller Kraft.
Das Baby glitt in Julias Arme, und der Anblick rührte tief in Alexander etwas an. Er, der vielen Kindern auf die Welt geholfen hatte, hatte fast vergessen, wie bewegend es sein konnte zuzusehen, wie ein neues Leben, sein Kind, das Licht der Welt erblickte.
Julia klemmte die Nabelschnur ab.
„Möchtest Du die Nabelschnur durchschneiden, Alexander?"
„Ja." Er tat es mit bebenden Händen, und sagte dann zärtlich zu Helen: „Wir haben eine kleine Tochter. Jetzt haben wir ein Pärchen. Ich liebe Dich."

Julia rieb das Neugeborene mit einem Handtuch ab, checkte Atmung, Farbe und Muskeltonus, um die Apgarwerte für die erste Lebensminute zu vergeben. Das winzige Mädchen hatte noch nicht geschrien, aber seine dunklen Augen glänzten lebhaft.
Alexander nahm Julia das Baby ab, während Julia sich um die Nachgeburt kümmerte. Endlich konnte Helen ihr Kind im Arm halten, Tränen liefen ihr über die Wangen, als sie das Tuch aufschlug und die winzigen Finger und Zehen zählte.
Es war eine schwierige Geburt.

Julia stand in einer Ecke des Zimmers. Ihre schönen blauen Augen schimmerten verräterisch, doch ihr Gesicht strahlte.
Sie ging zurück zu Helen.
„Herzlichen Glückwunsch zu eurem entzückenden kleinen Mädchen. Wie soll sie denn heißen?"
„Sie soll Julia heißen, nach ihrer schönen Patentante", sagten Helen und Alexander gleichzeitig.
„Danke", erwiderte Julia gerührt.
Schon am nächsten Tag konnte Helen das Krankenhaus verlassen. Sie hatte ja einen Arzt im Haus und auch Frau Baumann strahlte. Sie war glücklich, dass im Leben „ihres Alexanders" wieder alles seinen geregelten Gang lief.

Auch die Patienten waren zufrieden und kamen wieder zurück zu „ihrem Doktor Alexander Berger".

„Praxis Dr. Berger", meldete sich Helen, als das Telefon läutete. Eine kleine Pause entstand.
„Bitte kommen Sie sofort", ertönte eine aufgeregte Frauenstimme. Doch die Frau verlangte nach Herrn Dr. Berger. Helen war ein wenig verstimmt, dass sie nicht so gefragt war. Doch die Sprechstundenhilfe tröstete sie.
„Sie machen das schon richtig. Die Leute sind halt nur Doktor Alexander Berger gewohnt."
Alexander entließ gerade einen Patienten, doch das Wartezimmer war noch voll.
„Was gibt es denn, Helen?", fragte er.
„Da hat Frau Heinzmann angerufen und wollte Dich sprechen und Du sollst zu ihr kommen. Ihrem Mann geht es nicht so gut."
„Dann werde ich gleich einmal hinfahren. Mach Du doch bitte in der Praxis weiter", bat er und holte seinen Koffer, der immer bereit stand.

Alexander betreute die Familie schon seit Jahren. Herrn Heinzmann ging es gar nicht gut. Er lag schweißgebadet in seinem Bett und das Fieber überstieg schon vierzig Grad. Ansprechbar war er auch nicht mehr. Der Puls war sehr schwach, aber Anzeichen für eine Grippe gab es auch nicht.

„Sofort in die Klinik", befahl Alexander und telefonierte bereits nach dem Rettungswagen. Der Krankenwagen kam und Herr Heinzmann war apathisch, fast schon bewusstlos.
Er fuhr hinter dem Krankenwagen her.

Im Krankenhaus hatte gerade eine neue Ärztin angefangen und Alexander fragte sie:
„Wie geht's?"
„Probezeit bestanden", erwiderte sie lächelnd.
Sie verstand sehr viel von ihrem Beruf, denn ihre Diagnose lautete sofort:
„Herr Heinzmann hat eine schleichende Sepsis. Er ist mit einer exotischen Pflanze in Berührung gekommen."
„Ja, da ist eine kleine Narbe an seiner Hand und diese Pflanze war sehr wahrscheinlich giftig."
Alexander schaute sie bewundernd an.
„Das ist ja phänomenal."
Ihm fiel ein, dass Herr Heinzmann Biologe war.
„Ich habe solche Fälle schon im Tropenkrankenhaus behandelt. Wir müssen sein Herz stabilisieren, denn wenn erst der Schüttelfrost dazu kommt, könnte er sterben. Ich habe schon sehr trübe Erfahrungen damit gemacht. Doch es ist nicht ansteckend. Er braucht Penicillin, dann wird es ihm bald wieder besser gehen. Im Tropenkrankenhaus fehlte es oft daran und viele mussten deshalb sterben."

„Haltet mich auf dem Laufenden", bat Alexander.
Helen war noch in der Sprechstunde und er störte
sie nicht. Doch er wusste, dass sie sich manchmal
unsicher war. Ein Patient kam jetzt aus dem
Sprechzimmer und küsste Helen die Hand.
Alexander sah das gar nicht gern und seine Stirn
umwölkte sich.
„Man kann Sie nur zu solch einer Frau
beglückwünschen, Herr Doktor", sagte er noch
und verschwand.
„Dieser Mann ist unausstehlich", schimpfte
Alexander, doch Helen lächelte nur und sagte
schelmisch: „Ich frage mich oft, wie du mit deinen
Anbeterinnen fertig wirst."
„Sind wir fertig?", lenkte er ab.
„Ja, ein paar weibliche Patientinnen sind gegangen,
weil sie unbedingt vom Herrn Doktor untersucht
werden wollten."
Die Sprechstundenhilfe Anita arbeitete nur noch
Halbtags, da Helen ja jetzt in der Praxis mit
arbeitete.
Sie gingen in ihre Privaträume, wo Frau Baumann
schon mit dem Essen wartete. Peter lief auf Helen
und Alexander zu. Und auch Julia krähte vergnügt
aus ihrem Laufställchen.
Lange Zeit für eine Mittagspause hatten sie nicht.
Alexander musste Hausbesuche machen und
Helen ging wieder in die Praxis.

Am anderen Morgen stand Albert, ein junger Patient in der Praxis.
„Nanu", wunderte sich Alexander. „Was fehlt Dir denn? Müsstest Du nicht längst in der Schule sein? Wissen Deine Eltern, das du hier bist?"
Albert druckste herum.
„Ich habe Halsschmerzen. Könnten Sie mir nicht etwas dagegen verschreiben?"
„Da muss ich Dich erst untersuchen", erwiderte Alexander und schaute sich den Hals von Albert an.
„Du hast eine Mandelentzündung und gehörst ins Bett", sagte Alexander.
„Ich werde deine Eltern anrufen, dass sie vorbeikommen und Dich abholen."
„Kann ich nicht irgendetwas gegen die Schmerzen bekommen, ich muss unbedingt ins Schwimmbad. Wir müssen noch für unseren Wettkampf in der kommenden Woche trainieren. Und wenn ich nicht da bin, kann meine Mannschaft nicht mitschwimmen."
„Nein, so kann ich Dich auf keinen Fall in die Schule gehen lassen, Du gehörst ins Bett, denn sonst wird es wesentlich schlimmer und Du musst viel länger das Bett hüten, oder musst vielleicht sogar ins Krankenhaus, um Dir die Mandeln heraus nehmen zu lassen", erwiderte Alexander und rief die Eltern an.

Sein Vater holte ihn ab.
„Mein Sohn ist sehr ehrgeizig", stellte er lächelnd fest, doch Alexander informierte ihn. Da war der Vater doch sehr erstaunt, doch er nahm seinen Sohn in die Arme und sagte:
„Du wirst noch mehr Wettkämpfe bestreiten, jetzt schauen wir erst einmal, dass Du wieder gesund wirst."
„Und vielen Dank, Herr Doktor."
Später erfuhr Albert dann, dass der Wettkampf gar nicht stattfinden konnte, weil noch mehr Kinder erkrankt waren. Und da war er doch froh, denn inzwischen ging es ihm schon wieder besser.

Helen erschrak. Sie hatte, wie schon so oft ihre Brüste abgetastet. Das war jetzt nach der Geburt der kleinen Julia besonders wichtig. Nach einer Schwangerschaft ist eine Verhärtung der Brust immer verdächtig. Als OP Schwester wusste sie, dass sie sich schnellst möglichst untersuchen lassen sollte.

Ihre Frauenärztin untersuche ihre Brüste sorgfältig. Und tastete dadurch auch die Lymphabflusswege der Brust ab. Sie veranlasste auch noch eine Mammografie. So konnte sie einen verdächtigen Befund abklären. Bei Helen wurde eine Biopsie erforderlich. Dafür wird aus einem verdächtigen

Bereich der Brust Gewebe entnommen und dann detailliert untersucht.
Helen war am Boden zerstört. Auch Alexander konnte sie nicht trösten.
War es noch gutartig oder schon bösartig? Lag Krebs vor? Welcher Behandlung würde sie sich unterziehen müssen?

Die weibliche Brust besteht aus Drüsengewebe. Eine tastbare Veränderung, Vorwölbung, ein Knubbel oder Knoten und jede sonstige Auffälligkeit, egal ob mit oder ohne Knoten, mit oder ohne Schmerzen ist ein Grund sofort zum Frauenarzt zugehen. Das gilt besonders, wenn der Knoten schon einige Zeit besteht oder größer geworden ist. Er überprüft den Tastbefund. Er macht eine Ultraschalluntersuchung (Sonografie, Mammosonografie) und eine Röntgenuntersuchung (Mammografie) der Brüste. Auch wenn bei einer Absonderung aus der Brustwarze keine auffälligen Zellen entdeckt wurden, muss bei einem gleichzeitig vorkommendem Knoten oder einem verdächtigen Befund im Röntgen Ultraschallbild der Brust eine Gewebeprobe (Biopsie) entnommen und feingeweblich untersucht werden. Eine Gewebeprobe ist nötig, wird ambulant bei tastbarem Befund genommen. Es ist nur ein kleiner Schnitt notwendig.

Helen wusste, was alles auf sie zukommen könnte. Sie war deprimiert und ließ niemanden an sich heran. Nicht einmal ihre beiden Kinder.

„Helen, wie schön, Dich einmal wieder zu sehen." Madeleine sah von ihrem Schreibtisch auf. Sie stockte, als sie Helen anschaute. Selbst nach einigen Monaten konnte Helen das Mitgefühl nicht ertragen. Es war Helen nicht leicht geworden, die Praxis aufzusuchen. Doch sie hatte einen Termin für die Nachsorge, trotzdem man ihr versichert hatte, dass alles in Ordnung sei. Sie betrat den Warteraum. Die Menschen, die sich in ihre Zeitschriften vertieften oder so taten, hofften alle, dass sich die Diagnose Krebs bei ihnen nicht bestätigte. Helen blätterte eine Seite der Zeitung um, in der sie vergeblich zu lesen versuchte.
Ist das mein Schicksal? Stammpatientin bei einer Frauenärztin? Bis sie mir sagt, dass sie nichts mehr für mich tun kann? Sie erschauderte.
Sie dachte an ihre beiden Kinder, die die Mutter doch so nötig brauchen würden, sowie auch Alexander. Würde er sie weiterhin lieben? Oder? Sie wurde unruhig, wollte schon gehen, da wurde sie aufgerufen.
Ihre Frauenärztin lächelte sie an.
„Es ist alles in Ordnung bei Dir, Helen. Wir brauchen nicht operieren. Es war nur die

Absonderung aus den Brüsten, die Dich
verunsichert haben. Helen erstarrte. Wie konnte
das sein? Sie hatte doch einen Knoten gefühlt.
Doch langsam drang es in ihr Bewusstsein. Sie war
gesund, hatte keinen Krebs. Alle Ängste und
Sorgen waren unbegründet. Erleichterung überfiel
sie. Doch ihre Beine fühlten sich seltsam schwer an
und so blieb sie einfach nur sitzen.
„Das ist die schönste Nachricht, die Du mir
übermitteln konntest. Danke. Jetzt muss ich
schnell nach Hause."
Glücklich schluchzte sie auf.

War doch in wenigen Tagen Weihnachten.
Es war das schönste Weihnachtsfest, welches sie
und ihre kleine Familie feierten.

Helen lief in die Praxis, um Alexander diese
wunderschöne Neuigkeit mitzuteilen. Er nahm sie
in seine Arme, schaute ihr liebevoll in die Augen
und küsste sie zärtlich.
Erst jetzt löste sich auch bei ihm der Knoten, den
er bei der Diagnose Krebs gefühlt hatte.
Zusammen gingen sie zu ihren Kindern, die in
ihrem Zimmer spielten und noch nicht genau mit
bekommen hatten, was sich da für eine Tragöde
abgespielt hatte. Und auch Frau Baumann freute
sich sehr. Hatte sie doch mit „ihrer Familie"
gelitten.

In wenigen Tagen war Weihnachten. Der Heilige Abend war immer der schönste Tag des Jahres und in diesem Jahr ein ganz besonderer. Helen fühlte sich wie neugeboren. An diesem Tag feierte man mit der ganzen Familie. Alle atmeten auf, als sie die freudige Botschaft hörten.

Der Baum war geschmückt mit Engeln, roten Kugeln und silbernem Lametta, echten Kerzen, Bändern, die zu Schleifen gebunden waren. Die Krippe stand auf dem Kaminsims. Helen atmete tief den Duft der Kiefernadeln ein. Liebevoll verpackte Geschenke lagen unter dem Tannenbaum. Dann läutete sie mit einem kleinen Glöckchen den Heiligen Abend ein. Staunend standen ihre Kinder vor dem geschmückten Baum. Ihre Augen strahlten und ihre hellen Stimmen ertönten, als sie die Weihnachtslieder sangen. Helen traten Tränen des Glücks in die Augen, dass sie dies alles gesund miterleben durfte.

Zwischen den Jahren grassierte eine Grippewelle und Alexander und Helen bekamen sehr viel zu tun, Helen in der Praxis und Alexander wurde ständig zu den Patienten gerufen.

Doch dann kam der Silvesterabend. Frau Baumann würde bei den Kindern bleiben.

Alexander und Helen feierten im Clubhaus
.

Helen trug ein hochgeschlossenes schwarzes, anliegendes Kleid mit einem im Rücken tiefen Dekolleté. Ihr einziger Schmuck: lange silberne Ohrringe. Die Haare hatte sie hochgesteckt.

Ein Kellner bot auf einem silbernen Tablett erlesene Getränke an. Als dann die Kapelle einen langsamen Walzer spielte, raunte Alexander: „Komm, lass uns tanzen."
Helen schmiegte sich in Alexanders Arme, die sie fest umschlungen, als wollte er sie nie mehr loslassen. Wie erwachend schauten sie umher, als der Tanz zu Ende war. Berauscht vom Wein und der einschmeichelnden Musik sahen sie sich verliebt in die Augen. Ja, verliebt waren sie noch immer und die Krankheit Helens ließ sie noch inniger werden.

Mitternacht rückte unaufhaltsam näher. Sie holten ihre Mäntel und traten auf die Terrasse hinaus. Der Kellner brachte ihnen ein Glas Sekt. In diesem Augenblick ertönten von der nahen Kirchturmuhr, die ersten, tiefen Töne. Alle zählten sie mit.

Mitternacht! Zwölf Uhr! Das neue Jahr begann.
Für Alexander und Helen war es besonders bedeutsam.

„Ein Glückliches und Gesundes Neues Jahr!",
sagte Alexander und Helen erwiderte:
„Ja, es wird ein glückliches und hoffentlich auch
ein gesundes Jahr für uns alle."
Hell klangen ihre Sektgläser aneinander.
Mit einem innigen Kuss besiegelten sie ihre Liebe.
Eng aneinander geschmiegt verfolgten sie das
Feuerwerk, das überdimensionale Sterne an den
Nachthimmel zauberte.
Sie kehrten heim zu ihren Kindern und wünschten
auch Frau Baumann ein gesundes, neues Jahr.

Helen fuhr in die Stadt. Ihre Kinder brauchten
neue Kleidung. Sie wuchsen schnell aus allem
heraus. Die beiden waren jedoch überhaupt nicht
begeistert. Sie fuhren mit der S-Bahn und das
machte ihnen dann doch Spaß. Doch das
Anprobieren....musste das sein? Sie gingen dann
in die Fußgängerzone, wo die Geschäfte waren.
„So viele Leute, müssen die denn gar nicht
arbeiten?" fragten die Kinder. „Unser Papi arbeitet
doch immer so viel und kann nicht mit uns in die
Stadt fahren."
Helen versuchte ihnen zu erklären, dass viele dieser
Leute vielleicht Urlaub hatten, oder an anderen
Tagen arbeiten würden. Doch das verstanden die
beiden Kleinen noch nicht. Sie wollten einfach
mehr Zeit mit ihrem geliebten Papi verbringen.

Viele bewundernde Blicke folgten ihnen. Helen war eine Schönheit, musste Aufsehen erregen, trotzdem sie nichts dazu tat. Und die beiden reizenden Kinder neben ihr, boten einen bezaubernden Anblick.
Die Geschäftsführerin kam, die Helen schon kannte, und sie versöhnte die Kinder mit einem Ball. Dann probierten sie verschiedene Sachen an, Hosen, Pullover und auch einen neuen Anorak brauchten sie. Helen war stolz auf ihre Kinder, als sie abends Alexander von dem kleinen Ausflug erzählten. Die Kinder erzählten ganz genau, wie es ihnen heute ergangen war.
„Wir haben sehr kluge Kinder", so Helen. Er küsste Helen geschwind auf die Wange.
„Daran habe ich nie gezweifelt", erwiderte er und sie küssten sich wieder. Sie waren genau so glücklich, wie am Anfang ihrer Ehe, vielleicht noch etwas glücklicher, weil sie zwei gesunde Kinder hatten.
Alexander verbrachte einen geruhsamen Abend im Kreise seiner Familie. Die Kinder brachten ihn auf andere Gedanken. Er hatte mit ihnen gespielt und ihnen dann noch eine Gute Nacht Geschichte vorgelesen. Er war ein liebevoller Vater und selbst nach einem so anstrengenden Tag, beschäftigte er sich noch gerne mit ihnen.

Auch Helen freute sich noch auf eine Plauderstunde mit ihrem Mann, denn in der Grippezeit waren solche Stunden selten.

„Alexander, Du weißt dass wir zwei Karten für ein Konzert haben?", fragte Helen.
„Ich werde pünktlich sein, versprochen, denn ich habe nur noch zwei Hausbesuche zu erledigen. Danach werde ich mich noch mit einem Spezialisten treffen, denn ich möchte meine Diagnose für Herrn Müller bestätigen lassen. Ich habe geringe Zweifel, die ich bestätigt haben möchte."
Helen runzelte leicht die Stirn, doch Alexander hatte ein Gespür dafür, wenn die Symptome auch unklar waren. Seine Diagnosen stimmten meistens. Helen ahnte, dass es ich um Leukämie handelte. Nach seinem Gespräch hatte Alexander Gewissheit. Sein junger Patient litt an Leukämie und würde nur noch wenige Monate leben, da er zu spät zu ihm gekommen war.
Auch damit musste ein Arzt leben – er konnte nicht immer helfen.

Bei einer Leukämie (Blutkrebs) treten anfangs typischer Weise folgende, eher allgemeine Symptome auf:
Müdigkeit - Blässe der Haut – Abgeschlagenheit – Leistungsschwäche – Fieber ohne erkennbare

Ursache – Nachtschweiß – Appetitlosigkeit mit ungewollten Gewichtsverlust –
Woran erkennt man Leukämie?
Es wurden zu wenig gesunde Blutzellen gebildet.
Es besteht ein Übermaß an kranken, leukämischen Zellen, die die Funktionen an Organen beeinträchtigen.
Chronische Leukämie entwickelt sich schleichend. Es kann Monate oder Jahre dauern, bis Betroffene tatsächlich unter Symptome leiden. Die Erkrankung wird eher zufällig entdeckt bei einem Blutbild. Allgemeine und unspezifische Symptome wie Müdigkeit, oft eine starke Milzschwellung mit Druck- oder Völlegefühl im Oberbauch, Knochenschmerzen, Störungen der Nierenfunktion, blaue Flecken, Nasen – oder Zahnfleischbluten.
Doch keines dieser Krankheitszeichen beweist für sich allein das Vorliegen einer Leukämie. Auch müssen nicht alle genannten Symptome gleichzeitig auftreten. Die Diagnose wird allein auf Grund des Nachweises unreifer Zellen im Blut und im Knochenmark gestellt.

Alexander und Helen trafen sich nach dem Konzert noch im Foyer mit Julia und Robert. Es stand noch ein anderes Ehepaar bei den Beiden. Wie sich herausstellte war Chris ein begnadeter

Geiger. Seine Frau Michaela war eine auffallende Schönheit.
Als sie hörte, dass Alexander auch Arzt war, fragte sie sofort:
„Können Sie uns vielleicht helfen einen Spezialisten zu finden?"
„Wofür?", fragte Alexander

Sie beschlossen noch ein Glas Wein zusammen zu trinken. Alexander und Helen war aufgefallen, dass Chris sehr blass war und seinen rechten Arm nicht richtig bewegen konnte.
„Ich kann nicht mehr spielen. Ich bin im Urlaub am Strand ausgerutscht, habe mich mit dem Arm abgestützt. Leider bin ich nicht gleich zu einem Arzt gegangen und habe einfach weiter gespielt."
„Und schmerzt der Arm immer noch?", wollte Alexander wissen.
„Ja, jede Bewegung", erwiderte Chris.
„Ich werde Sie zum Röntgen in eine Klinik einweisen und danach wüsste ich ein Sanatorium, wo Ihnen geholfen werden könnte", erwiderte Alexander, denn ihm war klar, dass es sich auch um eine psychische Belastung handelte.
Bei dem Röntgen stellte sich heraus, dass das Schultergelenk bei dem Sturz verletzt worden war und es eine etwas langwierigere Behandlung erforderlich machen würde.

Doch da war ja noch der junge Ullrich Müller mit der Diagnose Leukämie. In der Klinik erschien es allen zunächst, als wäre etwas Besserung eingetreten. Doch das war leider nicht der Fall. Nach zwei Wochen, in dem man ihm nur schmerzlindernde Medikamente verabreichen konnte, schlief er mit einem Lächeln auf den Lippen ein.

Leider war es wieder einmal ein Fall, wo jede Hilfe zu spät kam und Alexander die Grenze des Möglichen aufzeigte.

Michael bekam plötzlich einen Hexenschuss. Es war beim Bücken passiert und er kam nicht allein hoch. Er robbte zu seinem Handy, das auf dem kleinen Couchtisch lag, langsam, ganz langsam, denn er hatte furchtbare Schmerzen. Alexander versprach, gleich vorbei zu kommen. Er gab Michael eine Spritze und sagte:
„Das ist jetzt schon das zweite Mal. Mit einem Hexenschuss ist nicht zu spaßen."

„Wodurch entsteht denn so ein Hexenschuss? Ich bin sehr wissbegierig."
„Der medizinische Begriff ist Lumbago, wie man dazu kommt, ist sehr unterschiedlich. Manchmal genügt eine falsche Bewegung. Es kann ein Bandscheibenvorfall sein, auch die Folge einer

starken Verkühlung. Manchmal kann sich der Patient gar nicht mehr aufrichten, so wie es jetzt bei Ihnen der Fall war. Manchmal lässt der Schmerz auch nach, und die momentane Lähmung klingt ab. Man muss immer davon ausgehen, dass diese plötzliche Lähmung einen Schock auslöst und der wiederum Ängste hervorruft. Wenn sich solche Verkrampfungen wiederholen, ist es angebracht, eine Kernspintomographie zu machen, um die Auslöser zu lokalisieren.
Ich werde Ihnen baldmöglichst einen Termin ausmachen."
„Vielen Dank, dass Sie so schnell gekommen sind. Mir geht es schon besser."

Helen Berger war eine schöne Frau, die sich großer Sympathien erfreute, doch auch einige Neider hatte. Alexander und Helen waren ein sehr glückliches Paar und ihren Kindern die besten Eltern. Wenn der Papi Feierabend hatte, wurde er jedes Mal mit großem Hallo begrüßt. Von Helen bekam er einen zärtlichen Kuss. Bei ihnen stimmte einfach alles. Sie konnten miteinander lachen und sich streiten, teilten auch die trüben Stunden miteinander, von denen sie natürlich auch nicht verschont blieben. Sie waren füreinander bestimmt und sehr dankbar darüber. Auch die Kinder kamen mit ihren Sorgen zu ihnen. Abends wurde über alles geredet. Alexander und Helen genossen dann

noch ihre besinnliche Stunde, als die Kinder im Bett waren.
„Wie wäre es einmal wieder mit einer Schmusestunde im Bett? Die Kinder schlafen schon."
Tatsächlich schliefen sie schon und so stand einer Schmusestunde im Bett nichts mehr im Wege.
Sie liebten sich zärtlich, denn sie waren immer noch sehr verliebt ineinander.

Heute fuhr Helen zu einem Empfang auf einen Reiterhof. Alexander drückte sich vor solchen Veranstaltungen, wann immer es ihm möglich war. Er schob wichtige Fälle vor.

Der Hausherr hatte für seine zwei Mädchen einen Empfang gegeben, damit sie endlich einen Mann finden sollten. Doch Michelle wollte den für sie ausgesuchter Mann nicht und gesellte sich zu Helen und so konnte Helen einmal wieder ihre Studien machen. Nach einer angemessenen Zeit verließ sie jedoch, wie sie meinte, unbemerkt die Feier.
Doch Michelle hatte sie eingeholt, ehe sie zu ihrem Wagen gelangen konnte.
„Sie wollen schon gehen?"
„Sie wissen doch, meine Familie ruft."
„Ich würde gerne einmal mit Ihnen sprechen", sagte Michelle.

„Dann kommen Sie doch einfach einmal vorbei. Hier kann man sich ja nicht unterhalten."

Am anderen Morgen erschien Michelle in der Praxis von Doktor Alexander Berger. Nach einer genaueren Untersuchung stellte er fest, dass sie schwanger war, aber das wusste sie schon, sie hatte es gefühlt.
„Ich werde zu meinem Verlobten ziehen", erzählte sie.
„Mein Vater weiß es noch nicht, aber er wird mich nicht aufhalten können.
Mich bedrückt nur, dass meine Schwester kränklich ist. Sie ist immer so blass. Sie sollte sich einmal untersuchen lassen."
„Schicken Sie sie doch einfach einmal in meine Praxis", erwiderte Alexander.

Als Marianne dann in die Praxis kam, sah Alexander sofort, dass sie sehr krank sein musste. Das war nicht nur ein Schwächezustand. Und bei der Untersuchung stellte er fest, dass sie unbedingt sofort in die Klinik eingewiesen werden musste. .
Er hoffte, dass sich sein Verdacht nicht bestätigen würde. Doch es war nicht nur ein psychisch bedingtes Leiden. Es sollte sich jedoch herausstellen, dass auch sie Leukämie hatte. Sie musste in der Klinik bleiben. Durchsichtig zart war

ihr Gesicht und mit angstvollen Augen blickte sie Alexander an.

„Kann ich bald wieder nach Hause"?, fragte sie.

„Sie müssen noch ein wenig Geduld haben", sagte er.

Was sollte er diesem Mädchen sagen, ihr allen Mut nehmen. Dass sie nur noch ein Fall war, ein hoffnungsloser Fall, wenn sich kein Knochenmarkspender finden würde? Die Krankheit war schon zu weit fortgeschritten, sodass man ihr nur noch schmerzmildernde Mittel zur Erleichterung geben konnte.

Endlich kam er einmal pünktlich nach Hause, doch die Grippewelle wollte nicht enden. Die Kinder freuten sich sehr, als sie ihren Papi sahen und jeder wollte ihm zuerst von seinen Tageserlebnissen berichten. Von Helen bekam er einen zärtlichen Kuss.

Frau Baumann hatte schon den Tisch gedeckt und sie konnten endlich einmal wieder zusammen das Essen genießen.

Nachdem alle ihre Neuigkeiten erzählt hatten, konnten sich Alexander und Helen einen gemütlichen Abend machen. Alexander sprach von den Tagesereignissen und wie besorgt er um den einen oder anderen Patienten war. In Helen hatte er eine gute Zuhörerin, denn sie konnte ihm einige Auswege zeigen. So verging der Abend bei einem

Glas Wein wie im Fluge. Im Bett kuschelte sich Helen an die breite Brust von Alexander und sie schliefen glücklich ein in der Gewissheit, dass einer ohne den anderem nicht sein konnte.

Alexander ging wieder an die Arbeit. Es gab die verschiedensten Beschwerden. Die einen hatten zu üppig gelebt, andere hatten sich mit Gewalttouren übernommen. Auch auf den Straßen war wieder viel passiert. Doch zuerst kamen die Patienten an die Reihe, die ihre Injektionen bekamen, die ein Rezept benötigten, immer begleitet von guten Genesungswünschen. Es gab auch seelische Beschwerden, denen er auf den Grund ging. Auch dem Gejammer derjenigen, denen eigentlich nichts fehlte, denn sie alle kamen in seine Sprechstunde. Alexander nahm sich für jeden Zeit, kannte er doch die meisten Familiengeschichten, denn viele der älteren Patienten hatte ja noch sein Vater, der viel zu früh verstarb, behandelt.

Heute war es wieder einmal spät geworden. Alexander schrieb noch einen Bericht an das Herzzentrum. Ein Patient von ihm musste dringend am Herzen operiert werden.
Da klingelte es an der Tür und Alexander eilte sofort dorthin. Ein Patient stand vor ihm, der über Enge in der Brust klagte. Langsam glitt er an dem Türrahmen hinab. Blutleer war sein Gesicht und er

atmete kaum noch. Schnell rief Alexander den Notarzt und rief auch schon die Klinik an. Der Mann wurde sofort behandelt und schnellstens in die Klinik gebracht. Wie sich herausstellte keine Minute zu spät. Er würde Stents brauchen und wurde sofort für die Operation vorbereitet.

Ein Stent dient als Gefäßstütze. Er soll Gefäße offen halten. Mit einem Ballon erweitert der Arzt die Engstelle. Beim Stent handelt es sich meistens um ein Edelstahlgeflecht von ca. 1-2 cm Länge. Der Arzt platziert unter Röntgenkontrolle dieses Metallgeflecht über den Ballonkatheter an der Engstelle. Durch Druck Befüllung des Ballons mit Kontrastmittel entfaltet sich der Stent, der auf dem Ballon sitzt. Dadurch dehnt der Arzt die Engstelle auf und stabilisiert die Gefäßwand. Das Gefäß wird offen gehalten. Der Blutfluss ist wieder gewährleistet. Diesen Eingriff bezeichnen die Mediziner als Stentimplantion. Die Stents werden zur Stabilisation der Herzkranzgefäße verwendet. Stents können jedoch auch in Halsschlagadern verwendet werden. Daneben aber setzten Ärzte Stents in der Tumortherapie ein, um Hohlorgane wie die Speiseröhre, die Luftröhre, oder die Gallenwege offen zu halten, wenn diese durch einen Tumor eingeengt wurden.

Der Patient hatte Glück, dass ihm sofort geholfen werden konnte.

Helen wartete schon ängstlich auf Alexander, doch sie wusste schon, dass er wieder einmal schnelle Hilfe geleistet hatte.
Die Kinder wurden ins Haus gerufen. Sie hatten im Garten gespielt, und dann saßen sie alle zusammen beim Abendessen. Alexander würde Helen später alles genau erzählen, wenn sie bei einem Glas Wein zusammen sitzen würden.

Am anderen Abend besuchte Helen einen medizinischen Vortrag. Sie musste, wie immer, allein gehen, denn Alexander hatte noch verschiedene Hausbesuche zu erledigen. Helen besuchte öfter solche Vorträge um sich auf dem Laufenden zu halten, denn sie half ja Alexander in der Sprechstunde und ab und zu auch noch in der Klinik. Sie lauschte dem Vortrag voller Spannung. Der Dozent erklärte anschaulich, wie man Gehirnerkrankungen erkennen und behandeln konnte und wie selbst schwierige Operationen Erfolg haben könnten, wenn sie gut durchdacht und ausgeführt wurden.

Heute wurde Helen gebeten, bei einer Operation eines Patienten zu assistieren.

Der Patient hatte einen Gehirntumor. Nach einer langen Operationsdauer konnte der Patient von dem Tumor befreit werden und es bestand Aussicht auf vollständige Heilung.

Alexander besuchte eine ältere Frau mit Diabetes. Er brachte ihr immer etwas aus seinem Garten mit, Lebensmittel, die sich die alte Dame nicht leisten konnte. Gemüse und Obst hatten sie ja in ihrem Garten genug und Helen packte regelmäßig ein Körbchen, wenn sie wusste, dass Alexander die Frau besuchte. Alexander redete ihr schon eine Weile gut zu, ihr Häuschen zu verkaufen und in ein Seniorenheim zu gehen, doch das wollte sie nicht. So konnte er sie nur medizinisch betreuen. Es war damit zu rechnen gewesen, dass diese alte Frau einmal sehr schnell die Widerstandskraft verlieren würde. Er wies sie in die Klinik ein und wenige Tage später schlief sie lächelnd ein.

Diabetes – Zuckerkrankheit
Es bestehen zu hohe Blutzuckerwerte. Es ist wichtig, die Krankheit rechtzeitig zu behandeln, um Schäden an Organen wie Herz, Augen und Nieren zu vermeiden.
Diabetes ist eine chronische Stoffwechselerkrankung. Ungesunde Ernährung, Übergewicht und mangelnde Bewegung erhöhen das Risiko. Es befindet sich zu viel Glukose im

Blut. Die meisten Zuckerkranken leiden an Typ- 2 Diabetes. Neben regelmäßiger körperlicher Aktivität und einer gesunden Ernährung helfen spezielle Medikamente, den Blutzucker in den Griff zu bekommen. Manchmal sind aber auch Insulinspritzen notwendig.

Helen war wieder schwanger. Zunächst war sie doch recht bestürzt darüber, dachte sie doch noch an die Diagnose Brustkrebs nach der Geburt ihrer kleinen Tochter Julia. Peter und Julia entwickelten sich zu gesunden Kindern, die oft draußen an der frischen Luft im Garten spielten. Von ihren Eltern wurden sie innig geliebt, aber auch alle anderen fanden sie entzückend, wenn sie auch manchmal schon sehr energisch ihren Standpunkt vertraten. Abends nahm Alexander Helen liebevoll in die Arme und küsste sie innig auf den Mund, als sie ihm von der Schwangerschaft erzählte und nahm ihr die Angst, dass sich alles wiederholen würde.
„Du bist gesund und wir werden alles dafür tun, dass das auch so bleibt. Du wirst dich jetzt eben mehr schonen müsse", sagte er zärtlich.
Helen schmiegte sich an ihn und so konnte sie endlich beruhigt einschlafen.
Helen litt in der dritten Schwangerschaft an der sogenannten Morgenübelkeit. Doch meistens ging es ihr bis mittags wieder besser.

Sie wollten nicht wissen, welches Geschlecht das Baby haben würde, nur gesund sollte es sein.
Nach einigen Wochen legte sich die Übelkeit und die Schwangerschaft normalisierte sich und sie konnte teilweise auch wieder in der Praxis mitarbeiten.

Man sah Helen die Schwangerschaft schon an und Peter und Julia erzählten allen stolz, dass sie ein Baby bekommen würden. Oft saßen sie bei Helen, und durften ihre Hände auf den jetzt schon gewölbten Bauch legen und freuten sich, wenn sich das Baby bemerkbar machte und strampelte.

Helen schaute auf die Uhr. Es war fünf Uhr. Sie weckte Alexander.
„Es geht los", informierte sie ihn. „Vielleicht wird es ja eine Frühaufsteherin", versuchte sie zu scherzen, aber so ganz wohl fühlte sie sich doch nicht dabei.
Alexander versuchte den Schlaf ab zu schütteln, doch dann erfasste er den Sinn von Helens Worten.
„Ein bisschen rücksichtsvoller könntest du schon sein, mein Kind", schmunzelte Helen vor sich hin.
Doch dann ging alles ganz schnell. Helen wurde in die Klinik gebracht und schon dreißig Minuten später verkündigte es lautstark sein da sein.

„Es ist ein süßer, kleiner Junge", lächelte Julia Helen an, „und es ist alles in Ordnung. Wie soll er denn heißen?", fragte sie.
„Robert", kam es sofort aus Helens und Alexanders Mund.
Alexander war auch bei dieser Geburt dabei und sah andächtig auf Mutter und Sohn.
Am anderen Tag durften auch Peter und Julia ihren kleinen Bruder bestaunen.
„Wann kann ich denn mit ihm spielen?" sprudelte es aus Julias Mündchen heraus.
Alles lachte und ihr wurde gesagt, dass sie da wohl noch eine Weile warten müsste.
Helen wurde aus dem Krankenhaus entlassen. Sie hatte ja ihren „Arzt" im Haus und auch Frau Baumann würde sich liebevoll um alles kümmern.
Immer wieder prüfte Helen ihre Brust, doch nach dieser Geburt war alles in Ordnung. Sie konnte keine Knoten feststellen und auch die Gynäkologin hatte nichts feststellen können.
So konnte sie sich ganz um ihre Kinder kümmern und hatte in der Praxis noch keinen Dienst.

Alexander wurde in die Schule gerufen. Ein kleiner Junge war im Sportunterricht zusammen gebrochen. Vorsichtig untersuchte er ihn, tastete seinen Bauch ab. Da schrie der Junge auf.
„Aua, ja da tut es mir weh."

„Da hast du wohl eine Blinddarmentzündung. Wie lange hast du denn schon Bauchschmerzen?"
„Schon einige Tage, aber ich möchte doch mit zu der Klassenfahrt."
„Ja, da kannst du wohl nicht mitfahren. Ich werde Dich jetzt sofort in die Klinik bringen. Du musst schnellstens operiert werden. Deiner Mutter sagen wir noch Bescheid."
Er rief auch noch in der Klinik an, damit alles für die Operation vorbereitet werden konnte.
Die Operation verlief gut und schon zehn Tage später konnte der Junge wieder entlassen werden. Aber er würde wohl auf die nächste Klassenfahrt warten müssen. Doch er war froh, keine Schmerzen mehr zu haben.

„Gibt es etwas Neues?", erkundigte sich Helen, als Alexander den Kindern noch Gute Nacht gesagt hatte. Es war etwas später geworden, denn Peter und Julia durften zum Kindergartenfasching. Aber es hat ihnen gar nicht gefallen, es war ihnen einfach zu laut gewesen. Sie wollten nur wieder heim und Peter hatte Hunger. Er war immer hungrig, denn er befand sich in der Wachstumsphase.

Danach sprach Alexander von einer Patientin, die heute bei ihm war. Sie hatte ihre große Liebe wiedergefunden.

Helen kannte Michaela, doch sie überlegte, dass diese wohl damals noch ein Teenager war, als sie sich verliebte und damals fast depressiv wurde.

Helen sagte: „Es gibt eben Frauen, die in ihrem Leben nur einen lieben, schau doch mich an. Ich liebe Dich noch immer."
„Ich würde Dir auch raten, mir nicht untreu zu werden", neckte er sie.
Doch dann kam ihm in den Sinn, dass er ihr im Leben schon einmal sehr wehgetan hatte und er nahm sie liebevoll in die Arme.
„Und für mich sind dies die schönsten Stunden des Tages, die ich mit Dir verbringen kann."
Langeweile kam bei ihnen nicht auf, ihre Gefühle füreinander waren in den Jahren ihrer Ehe nicht von der Gewohnheit aufgezehrt worden. Für Helen hatte es nie einen anderen Mann gegeben.

Es gab wieder einmal eine Erkältungswelle, die Augen- und Ohrenentzündungen mit sich brachten und in der Praxis ging es hoch her.
Helen fehlte ihm jetzt, doch sie musste noch einige Wochen nach der Geburt des kleinen Roberts pausieren.

Eine Patientin musste er jedoch in die Klinik einweisen. Er sagte Bescheid, dass er nicht zum Mittagessen kommen würde.

Helen holte Peter und Julia vom Kindergarten ab,
da es wieder anfing zu schneien. Sie wollte, dass
diese möglichst von Erkältungen verschont
blieben. Sie überlegte auch, die Kinder ein paar
Tage zu Hause zu halten, da es auch im
Kindergarten schon einige Krankheitsfälle gab.
„Unser armer Papi kommt leider wieder nicht zum
essen", sagte Julia mitleidig.
Leider war eines ihrer Lieblingsworte, die sie
nachplapperte.

Frühlingsstürme brausten über das Land und
zwischendurch gab es immer kräftige
Regenschauer.
„Ich bin beinahe auch weggeflogen."
Helen erfuhr, dass im Kindergarten immer noch
viele Kinder krank waren. Alexander kam auch
heute wieder zu spät zum Mittagessen. Helen hatte
auf ihn gewartet, damit er nicht allein essen
musste. Die Kinder hielten ihren Mittagsschlaf.
„Ich würde mich auch am liebsten hinlegen und
schlafen", sagte Alexander, aber es gibt immer
noch so viele Grippekranke mit seltsamen
Beschwerden. Immer noch mit Kopfschmerzen,
Atemnot, bei manchen kommen die Nebenhöhlen
hinzu und bei anderen die Ohren. Es gibt
scheinbar viele Arten von Viren in diesem Jahr.
Nicht einmal die Geimpften sind davor geschützt."
Helen warf ihm einen raschen Seitenblick zu.

„Hoffentlich wirst Du nicht auch noch krank", sagte sie besorgt, „Du brauchst unbedingt auch einmal wieder mehr Ruhe."
„Leider sind es noch ein paar Wochen, bis ich Ferien machen kann, aber dann fahren wir auf jeden Fall einmal wieder an den Chiemsee", erwiderte er lächelnd.

Würden sie es in diesem Jahr einrichten können? Helen bezweifelte es, denn es würde immer heißen:

„Weg frei" für Landarzt Dr. Berger

„Hilfe wir brauchen einen Arzt!"

Anhang

Karin Goller

Ein Ziel – ein Traum – das Schreiben

Sie lebt und arbeitet im Großen Lautertal.
Schon immer hatte sie den Traum vom Schreiben, ihre Gefühle auf Papier zu bannen und mit anderen Menschen zu teilen.
In ihren Büchern verarbeitet sie größtenteils Geschichten, die ihre Leser zum Träumen bringen. Flüssig geschriebene Bücher, die man gar nicht wieder zur Seite legen möchte. Man kann mit lachen, mit fühlen und mit fiebern. Es verschafft entspannte Stunden.

Mein Dank gilt meinem Mann, der mir immer den Rücken freigehalten hat, damit ich zu jeder Zeit meine Gedanken aufschreiben konnte.
Mehr von Karin Goller auf der Homepage
www.karin-goller.eu oder auf www.facebook.com

Bücher im Überblick:
Julia – eine bemerkenswerte Frau –
Neu!!!
„Weg frei" für Landarzt Dr. Berger „Hilfe wir brauchen einen Arzt!" –
Norbert – der Lausbub –
Norbert und die Bären! Hurrah! Ferien in Canada!
Canada – ich komme…eine faszinierende Reise
In Arbeit:
„Wir machen´s heut mal kurz!"

Autorin: Karin Goller
www.karin-goller.eu
Web-Design und Marketing:
Esther Müller-Goller
www.smartfoxenterpresis.com
Fotograf: Reiner Müller
www.photographybyreinermueller.com

Quellennachweis: Reisen der Autorin
Medizinische: z.B. Internet, sowie die Zeitschrift
Apotheken Umschau u.ä. -